수상한 휴대폰,
학생자치법정에 서다

수상한 휴대폰, 학생자치법정에 서다

청소년 성장소설 십대들의 힐링캠프, 인권(자유)

[십대들의 힐링캠프®] 시리즈 NO.27

지은이 | 박기복
발행인 | 김경아

2020년 10월 10일 1판 1쇄 발행
2022년 3월 27일 1판 2쇄 발행 (총 3,500권 발행)

이 책을 만든 사람들
책임 기획 | 김경아
기획 | 김효정
북 디자인 | KHJ북디자인
교정 교열 | 좋은글
경영 지원 | 홍종남
표지 삽화 | 정지란
제목 | 구산책이름연구소

이 책을 함께 만든 사람들
종이 | 제이피씨 정동수 · 정충엽
제작 및 인쇄 | 천일문화사 유재상
베타테스터 | 정우형 (경기 판곡중학교 2학년)

펴낸곳 | 행복한나무
출판등록 | 2007년 3월 7일. 제 2007-5호
주소 | 경기도 남양주시 도농로 34, 301동 301호(플루리움, 다산동)
전화 | 02) 322-3856 팩스 | 02) 322-3857
홈페이지 | www.ihappytree.com
도서 문의(출판사 e-mail) | e21chope@daum.net
내용 문의(지은이 e-mail) | yesreading@gmail.com
※ 이 책을 읽다가 궁금한 점이 있을 때는 지은이 e-mail을 이용해 주세요.

ⓒ 박기복, 2020
ISBN 979-11-88758-27-2
"행복한나무" 도서번호 : 128

수상한 휴대폰,
학생자치법정에 서다

| 박기복 지음 |

청소년 성장소설 인권 시리즈를 펴내며

"불공평해요."

"공정하지 않아요."

청소년들이 선생님에 대한 불평을 늘어놓을 때면 빠지지 않고 뒤따라 오는 말입니다. 이런 말만 들어보면 평등, 공평, 공정은 어른 사회뿐 아니라 청소년들 사이에서도 중요한 가치관으로 자리 잡은 듯합니다. 인권과 관련한 말이 청소년 사이에서 늘었다는 것은 그만큼 청소년들의 인권의식이 높아졌다는 의미로 보입니다. 그런데 청소년들의 인권의식이 높아졌다면 혐오 현상은 줄어들어야 마땅한데 이상하게도 학생들 사이에서는 남을 깔보고 편견이 가득 담긴 언어와 행위가 줄어들기는커녕 더 넘쳐납니다. 인권의식을 담은 말은 넘쳐나는데 차별 행위도 증가하는 기묘한 현상이 청소년들 사이에서 벌어지고 있습니다. 물론 이는 청소년 사회뿐 아니라 어른 사회에서도 마찬가지입니다. 도대체 왜 이런 모순된 상황이 벌어지는 걸까요?

결론부터 이야기하면 박기복 작가는 〈청소년 성장소설 인권 시리즈〉를 통해 인권의식 확산과 차별의식 증가라는 모순이 벌어지는 원인을 '나(또는 내가 속한 집단으로서 우리)에 대한 인권의식'과 '타인(또는 타인이 속한 집단으로서 타자)에 대한 인권의식' 사이의 괴리 때문이라고 밝힙니다. 나와 타인의 권리에 대한 인식의 괴리는 다섯 편 시리즈 전체를 관통하며 생생한 이야기로 전개됩니다.

〈10대들의 힐링캠프 : 청소년 성장소설 인권 시리즈〉는 총 5권입니다. 1권은 수행평가를 둘러싼 불만을 바탕으로 '평등'의 진정한 의미를 고민하고, 2권은 유튜브와 인정 욕구가 맞물려서 벌어지는 사건을 바탕으로 '혐오'를 다루며, 3권은 학생자치법정을 무대로 자치와 책임의 의미를 '자유'의 영역에서 탐색하며, 4권은 연민과 동정이 아니라 연대와 정의라는 '나눔'의 참뜻을 함께 나누고, 5권은 어려움에 처한 이웃을 대하는 태도로서 '난민' 이야기를 풀어냅니다. 각 소설은 독립된 이야기면서 동시에 서로 이어진 이야기이기도 합니다.

〈10대들의 힐링캠프 : 청소년 성장소설 인권 시리즈〉를 통해 청소년들이 참된 인권은 내가 누리는 권리면서 동시에 책임이라는 점을 배우기 바랍니다. 이를 통해 우리 사회의 인권의식이 한 단계 성숙해지는 밑거름이 되고, 청소년들의 인권과 행복한 삶에 한 줌이라도 보탬이 되길 소망합니다.

행복한나무 대표 김경아

차 례

1부

학생생활지도위원회 : 너는 해야 한다

학생자치법정 : 나는 원한다

등장인물 소개

• 소설 서술자 •

박채원 _ 학생회 인권부 부장을 맡아 학생자치법정을 준비한다.

이태경 _ 학생생활지도위원으로 활동하며, 유쾌한 성격에 잔머리가 뛰어나다.

이예나 _ 3학년 3반 학급회장으로, 인간관계가 넓으며 정의감이 넘친다.

┗ 이 소설은 핵심인물들의 교차서술 방식으로 전개됩니다.
소설 서술자에 유의하며 읽기 바랍니다.

> 참고 : 이 소설은 〈10대들의 힐링캠프 : 청소년 성장소설 인권 시리즈〉 1, 2편과
> 배경 설정이 동일합니다.

• 주요 등장인물 •

정지환 _ 전교학생회 회장으로 리더십이 뛰어나다.

최재훈 _ 인권부 차장으로 신념은 높으나 융통성이 모자라다.

홍성현 _ 학생생활지도위원회 학생위원장으로 올곧은 성격이다.

박성혜 _ 학생생활지도위원으로 보통 학생과 다른 관점을 지녔다.

이나현 _ 이태경과 함께 활동하는 학생생활지도위원으로 고민이 남다르다.

김원석 _ 늘품중학교 일진으로 이예나와 친하다.

정나혜 _ 2학년 여학생으로 이태경에게 단속을 당해 곤란한 일을 겪는다.

임나은 _ 박채원, 이예나와 절친이며 주위 시선에 아랑곳하지 않고 당당하게
      사랑한다.

이수혁 _ 임나은 남친으로 연애를 하면서 성격이 변한다.

윤다은 _ 이태경 친구로 화장을 하지 않으면 얼굴에 가시가 돋는다고 생각한다.

한성욱 _ 이예나 친구로 덩치가 크고 순박하다.

이준석 _ 이예나와 같은 반으로 선생님들에게 아부를 잘하고 얍삽하다.

최미경 _ 사회 선생님으로 학생들 자치를 적극 지지한다.

김영권 _ 학생생활지도위원회 책임지도 선생님으로 깐깐하고 철저하다.

거대한 용은 말한다.

'너는 해야 한다'고.

그러나

사자의 정신은 말한다.

'나는 원한다'고.

『차라투스트라는 이렇게 말했다』_니체

내가 적임자라고?

: 박채원 :

"과학 탐구 활동은 충분해. 수학과 과학 실력도 좋고. 글쓰기 솜씨도 좋고, 독서능력도 보이고. 다 좋은데…… 학업 외에 다른 활동이 지나치게 없어. 솔직히 말하면 백지나 마찬가지야. 3학년은 자연과학부 활동이 없다고 했지?"

"네. 2학년까지만 해요."

"그러면 학업에 힘을 빼지 않는 선에서 생기부에 들어갈 만한 활동을 해 보자. 자연과학부 활동에서도 연구 역량과 지적 능력은 탁월한데, 모임을 이끄는 능력은 안 보이거든. 그러니 리더십을 발휘하는 활동을 추천해. 고입에도 도움이 되겠지만, 고등학교에 진학하면 동아리나 연구모임을 이끌 때도 도움이 될 거야. 물론 네가 나중에 실제 연구

자가 되어 활동할 때도 큰 도움이 될 거야. 연구는 혼자 하는 작업이 아니라 힘을 합쳐서 공동으로 목표를 향해 나아가는 작업이니까."

"저희 쌤도 그런 말씀 종종 하셨어요. 그러면 뭐가 좋을까요? 학급 회장이나 학급부회장은 선거를 치러야 하는데, 당선될 자신이 없어요."

"전교학생회 임원은 어때?"

"학생회장이 1학년 때 자연과학부 활동을 같이 하던 친구이기는 해요. 그렇다고 나를 임원으로 써 달라고 뒤로 부탁하면 안 되잖아요. 그건 불공정행위라고 생각해요."

"흠, 부탁…… 불공정이라……. 중학교 3학년 학생 입에서 그런 말을 듣다니……. 너도 참 대단하구나. 아, 오해 마! 칭찬이니까."

"저희 쌤이 늘 강조하세요. 과학은 정직이라고."

"좋은 선생님께 배우는구나. 나도 늘품중학교 자연과학부 선생님 소문은 익히 들었어. 괴짜라거나, 엉뚱하다거나……. 물론, 믿기지 않는 실력자라는 소문도."

"털털하고 엉뚱해서 괴짜 같아 보일 때도 있지만, 과학을 가르치고 연구하는 실력만큼은 최고세요."

"네가 활동한 내역만 읽어 봐도 그 선생님 실력은 충분히 파악했어. 그건 그렇고, 어떻게든 길을 찾아봐. 리더십 쪽만 채운다면 내가 보기에 넌 확실히 경쟁력이 있어."

엄마에 이끌려 마지못해 따라간 입시전략연구소 상담 선생님은 내게 리더십을 채우라고 거듭 강조했다. 엄마는 좋은 말만 기억하는지 상담을 마치고 나오면서 매우 들떴지만, 나는 리더십이 모자라다는 지적에 속이 답답했다. 집에 거의 다다랐을 때가 돼서야 엄마는 내가 걱정하는 기색을 알아차렸다. 엄마는 참 무디다.

"다 좋다고 하잖아. 모자란 점이 딱 하나인데 뭐가 그리 걱정이야."

엄마는 늘 그렇듯이 걱정이라고는 단 한 점도 없이 맑아 보였다.

"그 딱 하나가 나한테는 아예 없으니 문제지. 해결할 길도 없고."

아빠는 신중하기는 하지만 걱정은 거의 안 하는 편이다. 동생은 엄마를 닮아서 늘 해맑다. 가족 가운데 나만 걱정이 많다. 도대체 내 안달복달하는 유전자는 어디서 왔는지 모르겠다.

"걱정하지 마. 어떻게든 될 거야."

나도 엄마처럼 천하태평하고 걱정 없이 살고 싶다. 엄마는 어찌 된 것이 40대가 되어서도 어린애처럼 천진난만함을 유지하니 신기하기만 하다. 아니, 조금 걱정스럽기도 하다. (이런, 또 걱정을 했다.)

"어떻게 걱정을 안 해? 길이 안 보이는데……."

"걱정한다고 당장 해결책이 나오지도 않잖아."

엄마는 내 일에만 저러지 않는다. 모든 면에서 정말 걱정이 없다. 아무리 큰일이 닥쳐도 고민하고 괴로워하는 모습을 본 적이 없다. 인격수양이 잘 되었다기보다는 천성이 그렇다.

"그렇다고 그냥 기다리면 해결책이 나와?"

괜히 짜증이 났다. 내가 우리 가족 중에서 유난히 걱정이 많아서가 아니라, 미래를 걱정하지 않는 가족과 있다 보니 나만 걱정이 넘쳐나는 사람이 된 듯했기 때문이다. 걱정을 한 가득 안고 집으로 들어가는데 전화가 왔다.

"지환이 네가 웬일?"

1학년 때 자연과학부에서 같이 활동한 정지환이었다. 정지환은 1학년까지는 나와 같이 자연과학부에서 활동을 하다가, 2학년이 되자 학생회 활동을 한다면서 자연과학부를 그만두었다.

"부탁 좀 하려고."

여자 중에서 내 친구 이예나가 인간관계가 가장 좋다면, 남자 중에서는 정지환이 으뜸이다.

"무슨 부탁?"

"학생회 때문에."

"학생회?"

"3학년이 됐으니 이제 자연과학부 안 하잖아."

지난 2년 동안 자연과학부는 내 학교생활에서 가장 중요했다. 그 어떤 활동도, 어떤 모임도 자연과학부보다 앞선 적이 없다. 입시전략연구소 상담 선생님이 내 다른 활동이 거의 백지라고 한 까닭도 자연과학부에만 모든 힘을 쏟았기 때문이다.

"그렇긴 한데……."

"나랑 같이 학생회 일 좀 하자고."

정지환은 2학년 말에 치러진 전교학생회 선거에서 상대 후보들을 큰 차이로 제치고 당선되었다. 공약도 가장 많이 냈는데, 굳이 공약을 내걸지 않고 그냥 열심히 하겠다고만 해도 당선이 예측될 정도로 인기가 좋았다.

"학생회 일이라면……?"

"부서 좀 맡아 달라고."

"학생회 부서를?"

이렇게 갑자기 해결되다니, 반가운 마음에 목소리가 커졌다.

"학생회 부서? 무슨……"

엄마가 눈을 동그랗게 뜨고 다가왔다. 나는 검지로 입술을 가렸다. 엄마는 엄지를 치켜세우고 '거 봐' 하며 환하게 웃었다.

"부원들은 이미 다 뽑지 않았어?"

"기존에 있던 부서 담당자는 다 뽑았지."

"그런데?"

"새로운 부서를 만들려고 하는데 적임자가 없어서."

"새로운 부서?"

"인권부를 만들려고."

"인권부?"

"응! 내가 선거 때 공약했잖아. 학생들 인권을 보호하는 활동을 하겠다고. 고민해 봤는데 그러려면 기존 부서로는 안 되겠더라고. 그래서 인권부를 새로 만들려고 하는데, 아무리 찾아봐도 부장으로 너만한 적임자가 없어서."

제안이 반가우면서도 한편으로는 걱정스러웠다. 인권에 대해 한 번도 생각해 본 적 없었고 잘 알지도 못하는데, 정지환은 도대체 내 무엇을 보고 인권부 부장을 맡기려는 걸까?

"권우현과 박준형이 너를 적극 추천했어."

"걔들이 나를……, 왜?"

"유정린과 이예나도 너를 추천했고."

"정린이랑 예나도?"

"이진아도 너를 추천하던데."

"걔네들이 작당해서 나를 팔아먹었구나."

정지환은 깔깔거리며 웃었다.

"작당은 아니고, 작년에 이진아가 어려움에 처했을 때 네가 한 일을 들었거든."

"아! 그거. 그거야 당연히 해야 할……."

"당연하지 않아. 자기 잘못을 솔직하게 인정하고, 굳이 나서지 않아도 되는 일에 발 벗고 나서는 자세야말로 인권부 책임자에게 가장 필요하거든."

"……."

"맡아 줄 거지?"

나는 자신이 없었다. 나에게는 인권부를 맡아서 할 만한 자질도, 능력도 없기 때문이다. 앞에서는 엄마가 입모양으로 '한다고 그래~', '빨리~' 하면서 잇달아 재촉했다.

수상한 휴대폰, 학생자치법정에 서다

"그게……."

엄마가 이맛살을 찌푸리며 성난 표정을 지었다.

"아! 알았어. 할게."

앞뒤로 치고 들어오는 압박에서 벗어날 방법은 없었다.

"고마워. 네가 수락할 줄 알았어."

정지환은 밝게 말하고 엄마도 환하게 웃는데 나만 걱정이 앞서 입술
을 깨물었다. 이런, 또 걱정이다.

올무⁽덫⁾에 걸려 버렸다

: 이태경 :

3학년 1학기 첫날, 아침을 끝까지 다 먹고 가라고 엄마가 붙잡는 바람에 늦었다. 뱃살이 출렁거리도록 뛰었다. 교문을 지나는 학생이 한 명도 없었다. 혼자만 지각인 듯했다. 숨을 헐떡이면서도 중앙현관까지 뜀박질을 멈추지 않았다. 내 신체능력이 지닌 한계치를 넘어서는 달리기였다. 계단을 보니 3학년 교실이 5층인데 5층까지 뛰어갈 자신이 없었다. 걸어가면 지각일 텐데 첫날부터 담임 선생님에게 찍히기는 싫었다. 때마침 승강기가 1층에 멈추어 있기에 잽싸게 둘레를 살폈다.

교칙에 따르면 승강기는 몸이 불편한 학생과 선생님들만 이용이 가능하다. 일반 학생은 걷기 힘들 만큼 몸을 다치거나, 안 좋은 경우에 이용이 가능하다. 나는 아무도 없는 것을 확인하고 재빨리 승강기에 올라탔다. 5층과 문 닫힘 단추를 거의 동시에 눌렀다. 숫자 5에 불이 들어오고 문이 닫히려는 순간 승강기 문틈으로 불쑥 손이 하나 들어왔다. 그 짧은 순간 얼마나 놀랐던지 나는 공포영화 속 주인공이 된 듯 얼어붙었다. 그러나 다행히도 고운 손이었다. 손톱도 단정했고 살결이 고왔다. 다만 굵은 반지는 어색했다. 정장을 깔끔하게 차려입은 나이든 여자 얼굴이 열린 승강기 문 사이로 나타났다. 손과는 어울리지 않는 얼굴이었지만 굵은 반지에는 어울리는 얼굴이었다. 우리 학교에서 본 적이 없는 얼굴인 걸 보니 다행히 선생님은 아닌 듯했다. 나는 어색한 웃음을 지으며 빨리 들어오길 바라는 마음을 감췄다. 그러나 내 급한 마음과 달리 그 여자는 아주 느긋하게 들어왔다. 그 여자가 들어오자 나는 재빨리 닫힘 단추를 눌렀다. 여자는 나를 위아래로 살폈다.

"학생은 승강기 금지 아니니?"

목소리가 차분하고, 조금은 다정하기까지 했다.

설마 선생님인가? 내가 전혀 모르는 얼굴이니 그럴 리 없다. 새 학기에 새로 온 선생님인가? 새로 온 선생님일지도 모른다는 걱정이 들었다. 그렇지만 재빨리 걱정을 털어 냈다. 새로 온 선생님이라면 우리학교 규칙도 잘 모를 테고, 내가 누구인지 제대로 기억하지도 못하리라 믿었다. 나는 뻔뻔하게 나갔다.

"제가 몸이 좀 불편해서."

"그래? 교문에서 현관까지 뛰어오는 모습을 봤는데……, 몸이 불편하구나."

말끝에 비웃음이 대롱대롱 흔들렸다.

이럴 때 당황하면 안 된다.

"그게, 제가 심장이 좀……, 많이 뛰면……."

나는 숨을 헐떡거리는 시늉을 하며 왼쪽 가슴을 움켜쥐었다.

"네 심장은 멀쩡하다가도 질문을 받으면 갑자기 빨리 뛰기도 하는 모양이구나."

말끝에 달린 비웃음 방울이 뭉쳐서 냇물처럼 줄줄 흘러내렸다.

"불규칙 심장 박동증이라고 장애가……."

나는 힘든 척 보이려고 인상을 찌푸렸다.

"그럼 부정·····."

그때 5층 승강기 문이 열렸다.

"안녕히 계세요."

나는 말을 끊으며 인사를 하고는 재빨리 뛰어나갔다.

"복도에서 뛰는 거 금지 아니니? 그렇게 뛰면 심장은 괜찮니?"

나는 들은 척도 안 하고 교실로 냅다 뛰어들어가 버렸다.

"어쭈, 첫날부터 지각이라……. 용감하다 못해 무모한 우리 반 학생은 대체 누구신가?"

내가 교실 문을 열고 들어서자 3학년 새 담임 선생님이 짓궂은 말로 나를 맞이했다. 새로운 친구들 웃음이 교실 곳곳으로 비눗방울처럼 퍼져 나갔다.

나는 빙글빙글 웃으며 아무렇지 않게 자리에 앉았다.

"이태경 맞니?"

"네!"

나는 씩씩하게 대답했다.

"밥이 그렇게 중요해?"

"네?"

선생님은 마치 내 위장이라도 꿰뚫어 본 듯이 말했다.

"밥 먹느라 늦은 거 아냐?"

"쌤이 그걸 어떻게?"

정말 당황했다.

"쌤은 척 보면 다 알아."

아무리 눈치가 빠르다고 해도 그걸 어떻게 안단 말인가?

내 속마음은 얼굴에 그대로 나타났고, 내 반응을 본 담임 선생님은 뭐가 그리 웃긴지 한바탕 크게 웃었다. 애들도 선생님을 따라서 깔깔 거렸다.

"너희 어머니께서 전화하셨어. 어머니가 밥 끝까지 먹고 가라고 해서 늦은 거라고."

허탈했다. 굳이 변명을 안 해도 돼서 다행이기는 했지만.

그때 교실 앞문이 열렸다. '나보다 늦게 오는 용감한 지각생은 누구지?' 하며 쳐다보다가, 들어오는 사람을 보고 또다시 당황하고 말았다.

"이런!"

승강기에서 마주친 바로 그 여자였다.

"교장 선생님께서 웬일로 저희 반에……?"

교장 선생님이라니, 도대체 언제 바뀌었지?

이태경, 너는 죽었다!

"불규칙 심장 박동증에 걸린 학생이 있다고 해서 알아보려고요."

그러면서 교장 선생님은 얇은 웃음을 머금고 반을 휘리릭 둘러봤다. 나는 어떻게든 얼굴을 가리려고 애썼지만, 실패하고 말았다.

"아! 거기 있었구나! 어때, 심장은 좀 괜찮아요?"

"이태경?"

담임 선생님이 말했다.

"학생 이름이 이태경이었군요."

그야말로 제대로 찍혔군! 쩝!

"교실에 들어왔더니 진정이 돼서……."

"심장이 안 좋다면서도 뛰면 안 되는 복도에서 뛰기에 혹시나 걱정이 돼서 와 봤어요."

교장 선생님은 내가 꼼짝도 못 하도록 아예 말뚝을 박아 버렸다.

담임 선생님이 나를 째려보았다.

"제가 방해가 됐네요. 이 선생님! 이따가 교장실로 좀 오세요."

"아, 네. 교장 선생님!"

담임 선생님은 나를 한 번 더 째려보더니 교실을 나가는 교장 선생님을 깍듯이 배웅했다. 다행히 담임 선생님은 그 일로 더는 나를 괴롭히지 않았다.

첫날, 수업이 끝나 가는데 선생님이 통지표 한 장씩을 나눠줬다. 새로 온 교장 선생님 인사말이었는데, 여느 때 같으면 안 읽었을 글을 일부러 읽었다. 혹시라도 나중에 불이익이 있을지도 모른다는 생각에 교장 선생님 성향을 파악하고 싶었다. 인사말은 뻔했다. 특색도 없고, 익숙한 말이었다. 학업과 생활에 기강이 잡힌 명문 중학교를 만들겠다고 했는데, 도대체 뭘 어떻게 하겠다는 것인지 자세한 방법은 없었다. 걱정을 해야 할지, 말아야 할지 헷갈렸다.

둘째 날, 학생생활지도위원회에서 활동할 학생위원을 모집한다는 공고가 떴다. 생활지도위원이 되면 아침에 등교하는 학생들 복장을 단속하는데, 내가 늘품중학교에 다니는 내내 제대로 활동하는 날이 손꼽을 정도였다. 선배들에 따르면 생활지도위원이 되면 선생님들에게 툭하면 불려 다녀서 귀찮다고 했다. 유일한 장점은 복장 단속을 면한다는 것 정도인데, 어쩌다 한 번 하는 단속만 피한다면 생활지도위원회에 들든 말든 상관없다고도 했다. 장점은 없고 고생만 하는 생활지도위원이 되고 싶은 마음은 없었다.

모집 공고가 붙고 사흘 뒤였다. 종례 시간에 선생님이 생활지도위원회 말을 꺼냈다.

"생활지도위원 모집 마감이 오늘인데, 우리 반에서는 한 명도 지원을 안 했다며? 누구 할 사람 없어? 한 반에 최소 여학생, 남학생 각각 한 명씩은 필수야. 할 사람 없어?"

반응이 없었다.

"어쭈, 이것들 봐라!"

담임 선생님은 매가 사냥감을 찾듯이 눈을 부라렸다. 다들 선생님 눈과 마주치지 않으면서도 지나치게 피하는 기색은 보이지 않으려고 눈치 싸움을 벌였다.

"오! 이나현, 너 안 할래?"

"제가, 그……."

이나현은 머뭇거리며 대답을 못 했다.

"학급회장이나 부학급회장 할 생각은 없지?"

"그렇기는 한데……."

"좋아! 그럼 나현이가 해. 내가 보기엔 생활지도위원은 너처럼 생각이 깊어야 해."

선생님은 곧바로 교탁에 놓인 종이에 이나현 이름을 써 버렸다.

"그럼, 여학생은 됐고……."

여자애들이 안도하는 숨소리가 이곳저곳에서 들렸다.

"자, 그럼 남학생을……."

나는 피하지 않은 척하며 자연스럽게 선생님 눈을 피했다. 그러나 내 노력은 허사였다.

"오, 이태경! 첫날부터 지각하고, 교장 선생님 속이고, 승강기 타고, 복도에서도 뛰신, 우리 모범생 태경이!"

선생님 얼굴이 마치 하회탈처럼 밝아졌다.

"생활지도위원으로는 네가 딱이네. 생활지도위원으로 활동하면서 첫날 잘못도 반성하고."

"아니, 저는……."

나는 손사래를 쳤다.

"왜? 싫어? 그럼 위반사항 전부 벌점 받고, 반성문 쓰고, 교장 선생님과 단독 면담도 잡아 줄까?"

피할 데 없이 꼼짝 못 하게 얽어매는 협박이었다.

나는 선생님이 쳐 놓은 올무(덫)에 걸려 옴짝달싹도 못 하고, 생활지도위원회로 끌려 들어가고 말았다.

금요일 점심시간, 나는 고양이에게 붙잡힌 쥐가 되어 생활지도위원회 첫 모임에 참가했다. 처음에는 있기 싫은 자리에 듣기 싫은 말을 듣고 있노라니 무척 힘들었다. 그런데 생활지도위원회 담당인 김영권 선생님이 하는 말을 들으면서 정신이 번쩍 들었다. 내가 예상했던 것과 완전히 달랐기 때문이다. 김영권 선생님은 말 중간 중간에 '교장 선생님 특별 지시사항'이란 표현을 거듭 강조했다. 첫날 알림장에서 보았던 '기강이 잡힌 명문 중학교'란 표현이 떠올랐다. 아무래도 생활지도위원으로 지낼 날들이 만만치 않을 듯했다.

자유여! 안녕...

: 이예나 :

기다리지 않고 급식을 먹으니 더욱 맛있었다. 친구들과 어울려 행복하게 밥을 먹고 돌아오는데, 태욱이가 자꾸 깔짝깔짝 장난을 걸었다.

"너, 한 대 맞을래?"

나는 주먹을 쥐어 보였다.

"아이고 무서워라. 왜 그러셔~ 이 오징어 납작해지게."

"자기가 오징어인 줄은 아니 다행이네."

"맛있는 오징어, 뻐꿈뻐꿈!"

"관종짓 그만해라~~"

아무래도 등짝이라도 한 대 맞아야 정신 차릴 듯했다. 딴 데 보는 척하다가 태욱이가 방심하는 틈을 타서 힘을 살짝만 줘서 등을 때렸다.

짝~~

"으악!"

태욱이는 몹시 아픈 척했다.

"엄살은~~."

"엄살이라니, 겁나 아프네."

태욱이는 등을 손으로 만지며 오징어 다리처럼 꿈틀거렸다.

"살살 쳤어. 세게 쳤으면 넌 죽었어."

"그게 살살이냐?"

태욱이는 얼굴을 못생기게 찡그렸다.

"어이구, 아프셔?? 우리 애기~~ 쯧쯧."

"그만해라."

갑자기 태욱이가 정색을 했다.

"크크크, 그럼 내가 쫄 줄 알았냐? 이게 어디서 정색을."

내가 다시 손을 들자, 태욱이는 혀를 삐죽 내밀고는 냅다 도망쳤다.

"꼭 남매가 티격태격 다투는 거 같네."

옆에 따라오던 진아가 밝게 웃었다.

우리는 태욱이 흉을 보며 교실로 돌아왔다. 그때 1반인 태경이와 나현이가 교실 뒷문으로 들어왔는데, 두 사람 목에 '생활지도위원'이라는 선명한 글씨가 새겨진 명찰이 걸려 있었다. 태경이가 나현이에게 종이를 한 장 받아서 교실 뒤편 알림판에 붙였다.

"야, 이게 뭐냐?"

"눈이 없냐, 글을 못 읽냐? 그냥 읽어 봐."

무슨 일인지 태경이는 퉁명스럽게 대꾸하더니 뒷문으로 나가 버렸다. 뒤따르는 나현이도 별로 기분이 좋아 보이지 않았다.

종이에는 '늘품중학교 벌점 규정 공고(개정)' 하고 큼지막하게 쓰여 있고, 그 아래 깨알 같은 글씨로 어떤 상황에서 벌점 몇 점을 주는지가 세세하게 적혀 있었다.

"야, 계도가 뭐야?"

상윤이가 공고를 읽다가 물었다.

"모르는 걸 깨우쳐 준다는 말이야."

"뭘 깨우쳐?"

"어휴, 공부 좀 해라!"

"네가 열심히 공부해서 알려 주는데 내가 왜 하냐?"

"어휴, 말이라도 못하면. 계도 기간을 안 둔다는 말은 이 벌칙 규정을 알리고 일깨워 주는 기간을 주지 않고 곧바로 단속한다는 뜻이야. 그러니까 오늘부터 바로."

"오늘부터 바로라……."

밑에 쓰인 벌점 규정을 쭉 읽던 상윤이 얼굴이 일그러졌다.

애들이 웅성거리는 틈새에서 나도 새 규정을 읽어 내려갔다. 나로서는 크게 거슬리는 점이 없는 규정이었지만, 학교생활에 답답함을 느낄 애들이 많을 듯했다. 어림하건대 새로 온 교장 선생님 뜻이 반영된 규정 같았다.

수상한 휴대폰, 학생자치법정에 서다

규정을 한참 읽던 상윤이가 기겁을 했다.

"뭐야? 학교폭력도 아닌데 벌점만 많이 받아도 강제전학을 시킨다고? 이건 정말 심하잖아!"

1부

학생생활지도위원회
: 너는 해야 한다

늘품중학교 벌점 규정 공고(개정)

늘품중학교 벌점 규정을 다음과 같이 개정하여 공고하니 규정을 준수하여 학생다운 학교생활이 되도록 유의하여 주시기 바랍니다. 본 벌점 규정은 계도 기간 없이 곧바로 시행합니다.

〈기본생활규정 위반 행위〉

1-1. 청소 활동 불성실 (1점)

1-2. 껌 씹기 (1점)

1-3. 지각 (2점)

1-4. 학교 행사 무단 불참 (2점)

1-5. 지정되지 않은 곳을 통한 등교 (2점)

1-6. 쓰레기 투기 등 교육환경을 더럽히는 행위 (2점)

1-7. 무단으로 승강기 탑승 (2점)

1-8. 출입문, 창문, 담장 등을 넘는 행위 (2점)

1-9. 교내에서 심하게 소란을 피우는 행위 (2점)

1-10. 교직원 화장실, 옥상 등 학생출입금지 장소 출입 (2점)

1-11. 복장 / 화장 규정 위반 (2점)

1-12. 급식 순서 위반 (2점)

1-13. 포옹, 입맞춤, 무릎 앉기 등 불건전한 이성교제 (2점)

1-14. 신호위반, 휴대전화 사용 등 등하굣길 안전의무 위반 (2점)

1-15. 무단 외출 (3점)

〈학업 방해 행위〉

2-1. 수업 개시 후 지각 입실 (1점)

2-2. 무단 수업 불참 (2점)

2-3. 전자기기 사용 규정 위반 (2점)

2-4. 수업 시간 중 음식물 섭취 (2점)

2-5. 소란, 잡담 등으로 면학 분위기를 해치는 행위 (2점)

2-8. 수업 중 학업 수행에 관한 지시 고의 불이행 (4점)

2-9. 무단 조퇴 (4점)

2-10. 무단 결석 (4점)

〈심각한 일탈 행위〉

3-1. 급우나 선후배를 향한 심한 욕설 (3점)

3-2. 학교 허락 없는 상업행위 (4점)

3-3. 교사나 어른에게 불손한 언행 (5점)

3-4. 교내 비품이나 기물 파손 (5점)

3-5. 카드, 화투 등 사행성 오락 (5점)

3-6. 음란물 제작, 반입, 탐독, 유포, 시청 등 (5점)

3–7. 오토바이를 타거나 동승할 경우 (7점)

3–8. 교내에서 술, 담배, 라이터 소지 (7점)

3–9. 청소년 출입 제한 업소 출입 (10점)

3–10. 교내외에서 음주 또는 흡연 (10점)

3–11. 교사의 정당한 생활지도 지시불이행 (10점)

〈전자기기 사용 규정〉

① 휴대전화를 비롯한 전자기기는 쉬는 시간에만 사용 가능

② 급식실 내에서 전자기기 사용 금지

③ 수업 전 제출 – 수업 후 반환

④ 제출한 전자기기는 각 학급에 설치한 보관함에서 관리

⑤ 가족 연락 등 긴급히 필요할 때 담당 선생님 허락 하에 사용 가능

⑥ 허위 제출 금지 (실제로 쓰는 기기가 아니라 쓰지 않는 기기를 제출하는 행위)

⑦ 미제출 및 허위 제출 : 벌점 부과와 별도로 1주일 동안 교내 사용 전면 금지

〈복장 / 화장 규정〉

① 실외에서 실내화 착용, 실내에서 실외화 착용 금지

② 체육복은 체육 시간과 그 뒤 한 시간까지만 착용 가능

③ 교복을 변형하는 것은 어떤 경우에도 금지

④ 등하교 시 반드시 교복(동복, 춘추복, 생활복) 착용하기

수상한 휴대폰, 학생자치법정에 서다

⑤ 동복, 춘추복, 생활복은 학교장이 정하는 시기에 맞게 착용

⑥ 교복은 같은 종류끼리 입어야 하며 서로 섞어서 입는 것 금지

⑦ 늘품중학교 학생으로서 부끄럽지 않게 복장은 늘 단정하게 하기

⑧ 심하지 않은 염색과 파마는 허용, 심한 염색과 파마는 금지

⑨ 기초화장은 허용, 색조화장은 금지

⑩ 간단한 귀걸이는 허용, 화려한 귀걸이와 피어싱은 금지

⑪ 고데기, 헤어드라이기와 같은 전기 미용용품 소지 금지

〈벌점 운영 규정〉

① 이 외에도 교사가 판단하기에 학생으로서 부적절한 행위를 할 경우 5점 이내
에서 교사 재량껏 벌점을 부여한다.

② 규정 위반으로 학생생활지도위원에게 적발된 학생은 학년, 반, 이름을 곧바로
말해야 한다. 적발된 자가 신상정보 제공에 불응하면 학생생활지도위원은 위
반자 신상정보를 다른 방법으로 수집하고, 해당 대상자에게 벌점 3점을 별도
로 부과한다.

③ 생활지도를 피해 도망하거나, 생활지도위원을 속이는 등 지도활동을 방해하
는 행위를 하는 자에게는 벌점 5점을 추가로 부과한다.

④ 벌점을 받은 학생에 대해 교사는 벌점이 적고 많음과 관계없이 정규수업이
끝난 뒤에 반성문 쓰기, 고전 쓰기 등과 같은 별도 생활지도 프로그램을 1시간
이내로 진행할 수 있다.

⑤ 불가피한 사유가 없음에도 생활지도 프로그램을 따르지 않는 학생은 정당한 생활지도 지시 불응(벌점 10점)으로 간주한다.

〈벌점 누적에 따른 처리 규정〉

- 벌점 10점 : 학부모에게 연락

- 벌점 20점 : 학부모 상담 진행

- 벌점 30점 : 생활지도위원회 회부

- 벌점 60점 : 징계위원회 회부(유기정학 조치까지 포함해 징계 검토)

- 벌점 100점 : 강제전학 심의 대상

  * 상점을 받으면 해당 상점만큼 누적 벌점에서 뺀다.

  * 벌점/상점 합계는 금요일 학업 종료 시를 기준으로 처리한다.

※ 특별 주의사항

집단 따돌림, 절도, 성추행, 폭행 등과 같은 범죄행위는 학생생활지도위원회에서 즉시 징계를 심의하고, 중대 사항으로 결론이 나면 지체 없이 학교폭력대책자치위원회(학폭위)에 회부합니다. 학교폭력이 발생할 경우 피해자 보호 우선 원칙에 따라 가해자를 예외 없이 일벌백계할 계획이니 불미스러운 일이 발생하지 않도록 유의하기 바랍니다.

늘품중학교 생활지도위원회

수상한 휴대폰, 학생자치법정에 서다

1
선생님은 벌점 기부천사

: 박채원 :

다른 부서들은 이미 사업계획이 있기에 활발하게 활동을 준비하는데, 내가 맡은 인권부는 신생부서라 계획조차 없었다. 학생회 활동도 해 본 적 없고, 인권을 깊이 고민해 본 적도 없기에 뭘 해야 할지 막막하기만 했다.

"급하게 생각하지 마. 천천히 해."

학생회장인 지환이는 내가 걱정을 해도 느긋하기만 했다. 꼭 엄마를 상대하는 기분이었다.

"공약을 제시했으면 뭔가 생각해 놓은 사업이 있을 거 아니야?"

"학생 인권을 증진하는 사업을 적극 추진한다! 그게 다야."

"정말 그게 다야?"

지환이는 어깨를 으쓱하며 양손을 들었다. 서양인들이 흔히 하는 동작이었다.

"그렇게 부실한 공약을 제시해도 되는 거야?"

황당하기 그지없었다.

"선거 때 내가 제시한 공약을 너도 다 접했으면서 새삼스럽게."

"자세히는 안 봤지. 나야 처음부터 그냥 너를 찍으려고 했으니까."

"워워! 선거를 그렇게 하면 되나. 민주시민이 그러면 안 되지."

지환이는 마치 다른 사람 일인 듯이 장난스럽게 말했다.

"그래! 내가 잘못했다, 아주 잘못했어. 내가 민주시민 자질이 부족했네."

나는 팔짱을 끼고 토라진 척했다.

"내가 맡는 게 아니었어."

그런데 말이 마음보다 세게 나가 버렸다. 내 반응에 지환이 얼굴에서 장난기가 사라졌다.

"그렇다고 그만둔다는 말은 하지 마. 가슴이 철렁하잖아. 놀려서 미안."

지환이가 진지하게 말했다.

"터놓고 말해서 나도 목표만 높았지, 어떻게 해야 할지 모르겠어. 학생들 대상으로 어떤 활동을 해야 하는지, 학교에 무엇을 요구할지 명확하지 않아. 몇 가지 해 보고 싶은 사업은 있는데 아직 제대로 정리를 못 했어. 알다시피 학기 초에 엄청 바빴잖아. 이제 다른 사업부서 활동

틀이 다 잡혀가니까 마무리되면 함께 고민해 보자."

지환이는 확실히 학생회장다웠다. 애들과 관계가 좋은 이유가 있었다. 지환이가 진지하게 고민하겠다고 하니 토라졌던 마음도 슬그머니 풀렸다.

"서둘지 말자. 첫걸음인데 급하면 탈이 나잖아. 내 생각에는 인권부 사업으로 올해 딱 하나만 제대로 해도 성공이라고 생각해. 특히 인권 관련 사업은 잘 모르고 함부로 했다가는 탈이 나기 십상이잖아. 신중하게 접근해서 나쁠 게 없어."

지환이는 학생회장으로서 내가 사업에 접근하는 태도를 바로잡아 주었다. 아랫사람으로서 윗사람에게 지시를 받는 기분이었다. 그럼에도 기분이 나쁘지 않았다. 확실히 지환이는 사람을 이끄는 힘이 있었다. 그것은 내게 가장 모자란 면이었고, 입시전략연구소 선생님이 꼭 보완하라고 강조했던 것이었다.

"그나저나 차장은 언제 뽑아 줄 거야?"

다른 부서는 3학년 부서장 밑에 2학년 차장이 한 명씩 있다. 뒤늦게 만든 인권부에만 아직 차장이 없었다.

"내일 공고를 낼 거야. 지원자가 모이면 그때 같이 면접 보자. 아마 인기가 많을 거야."

지환이가 맑게 웃으며 자리에서 일어났다.

"나는 생활지도위원회 선생님들 뵈러 가야 해. 준비는 꼼꼼히, 천천히! 알았지?"

나는 고개를 끄덕였지만 속마음은 그러지 않았다.

지환이는 느긋하게 생각하라 했지만, 미리미리 꼼꼼하게 준비하지 않으면 답답한 성격인 나는 다른 공부가 손에 안 잡힐 만큼 깊은 고민에 빠지고 말았다. 나는 무슨 일이든 일단 맡으면 제대로 하기 위해 내 모든 힘을 쥐어짜는 편이다. 어영부영하거나, 대충 그만두는 것은 내 성격에 맞지 않는다. 아무리 신생 부서라고 하더라도 인권부장 일은 제대로 하고 싶었다. 그렇지만 고민을 아무리 해도 이거다 싶은 길은 보이지 않았다.

그날 종례를 마치고 나은이와 같이 나가려는데 갑자기 생활지도위원회에서 나은이를 호출했다. 학원도 반도 같아서 같이 놀다가 학원에 가자고 약속했기에 교실에서 계속 기다렸는데 한참 동안 오지 않았다.

'오늘 벌점이라도 받았나?'

요즘 생활지도위원들이 곳곳을 돌아다니며 단속을 무섭게 하고, 선생님들도 벌점을 마구잡이로 쏟아 내기에 혹시 나은이가 많은 벌점을 받았는지 걱정이 되었다. 나은이는 불려 간 지 30분이 훌쩍 지난 뒤에야 돌아왔다.

"뭐야? 왜 이렇게 늦었어? 놀 시간이 확 줄었잖아."

"말도 마. 진이 다 빠졌어."

"무슨 일이야? 벌점 때문이야?"

"눈치 빠른 내가 벌점을 받겠냐?"

수상한 휴대폰, 학생자치법정에 서다

"그럼 왜?"

"연애 때문에."

"연애? 연애가 뭐 어때서? 연애를 하지 말래? 그런 규정은 없잖아."

나은이는 한동안 운동을 잘하는 박준형을 좋아했다. 박준형은 2학년 때 같은 반이었고, 3학년 때는 학생회 체육부장이다. 박준형만 보면 어쩔 줄 몰라 하던 나은이는 어느 날 갑자기 엉뚱한 남자애랑 사귄다고 선포했다. 나은이가 사귀는 이수혁은 박준형과는 결이 아주 달랐다. 운동도 못하고, 키도 그저 그렇고, 남들 앞에 나서지도 않아 있는 듯 없는 듯 해서 눈에 잘 띄지 않았다. 그렇다고 성격이 모난 것은 아니었다. 나는 아직도 나은이가 이수혁을 좋아하는 까닭을 모르겠다.

"당연히 연애 금지는 아니지."

"그럼 뭔데?"

"애정행각을 하지 말래."

"애정행각? 너 뭐 하다 걸렸구나!"

나은이가 남자친구와 애정행각을 하는 모습을 떠올리고 키득키득 웃었다.

"차라리 내가 하다가 걸렸으면 말을 안 해."

무슨 애정행각을 했는지 알아내려고 잔뜩 별렀는데 조금 실망이었다.

"그럼 뭐가 문제야?"

"2학년에 연애하는 애들이 복도에서 손잡고 걸어가다가 생활지도위원회 선생님께 걸렸나 봐."

"손잡고 걸어가도 벌점이었나?"

"규정에는 포옹, 입맞춤, 무릎 앉기 등 불건전한 이성교제를 하면 벌점 2점이라고 되어 있어."

역시 연애를 하는 당사자는 달랐다. 사람은 자기 일이 되면 기억력이 비상해진다.

"그러니까, 손만 잡았다며……."

"안 그래도 내가 따졌지. 그랬더니 쌤이 규정에 '등'이라고 되어 있다는 거야."

"등? 등이 뭐 어때서?"

"무릎 앉기 등, 기타 등등, 그러니까 꼭 포옹, 입맞춤, 무릎 앉기가 아니더라도 손을 잡으면 안 된다는 거지. 더구나 복도에서."

"와, 황당하다!"

"남들 다 보는 데서 손잡고 다니면 보기 안 좋다나 뭐래나."

"보기 안 좋기는 뭐가 안 좋아?"

연애하는 애들끼리 손잡고 다니는 모습을 여러 번 보았고, 영화나 드라마에서 그보다 친밀한 사랑 표현도 수없이 보아 왔던 터라 선생님 논리가 이해되지 않았다.

"나라고 안 따졌겠냐. 포옹, 입맞춤보다 수위가 낮으니 '등'에 포함하면 안 되지 않냐고."

"그랬더니, 뭐래?"

"기타 규정을 손가락으로 딱 짚어 주시더라."

"기타 규정? 기타 규정을 왜?"

"교사가 판단하기에 학생으로서 부적절한 행위라는 거야."

나는 어이가 없어 발걸음을 멈추었다.

"너무하잖아. 그러면 쌤들 마음대로 벌점을 줘도 된다는 거잖아."

"차마 그렇게 따지지는 못했어. 그랬다가는 쌤들을 뭘로 보냐며 화낼 듯해서."

"진짜 어이없다. 게다가 네가 손잡고 다니지 않았는데 너랑 남친을 왜 그렇게 오래 붙잡아 둔 거야?"

"나와 수혁이만 불려 간 게 아니야. 모조리 불려 왔어."

"모조리라니?"

"학교에서 연애하는 애들 전부."

"전부? 어떻게? 쌤들이 어떻게 알고."

"학생생활지도위원이 있잖아. 걔들이 다 조사해서 일러바친 거지."

나은이는 학생생활지도위원들을 마치 간첩이나 배신자처럼 생각하는 듯했다.

"3학년은 그렇다 쳐도 1·2학년은 쉽지 않을 텐데."

"몰라. 아무튼 다 불려 와서 한바탕 훈화 말씀을 들었어."

"김영권 쌤이?"

김영권 선생님은 생활지도위원회를 책임지고 있다.

"응."

"뭐라셔?"

"뭐라고 했겠어? 고리타분한 말들이지. 보기 좋지 않다, 학생들이 불편해 한다, 연애는 좋은데 건전하게 사귀어라, 연애는 남이 보라고 하지 마라, 몸이 아니라 마음이 참된 사랑이다. 블라블라블라."

"그렇게 안 봤는데, 완전 꼰대시네."

"꼰대든 뭐든, 앞으로 애정행각을 벌이다가 걸리기만 하면 모조리 벌점을 주겠대."

"화! 이건 뭐, 사랑이 죄라는 거잖아."

"그래서 결심했어."

"뭐야? 설마? 헤어지지는 않을 거지?"

"내가 왜 헤어져. 수혁이가 얼마나 좋은 남친인데."

"아유, 그냥!"

나는 괜히 손을 들었다가 내렸다.

"앞으로……."

나은이가 비장하게 말했다.

"애정행각을 몰래 막 할 거야. 내가 웬만하면 학교에서는 사귀는 티도 안 내려고 했는데, 선생님들 몰래 팍팍 티 내면서 애정행각을 벌일 거야."

"야, 야, 그러다 벌점 받으면 어쩌려고."

"나는 안 들킬 자신 있어. 내가 눈치는 빠르잖아."

"생활지도위원들이 무섭게 다녀서 쉽지 않을 텐데……."

"벌점을 주면 받아야지 뭐. 사랑은 엄연히 인권이고, 사랑에 벌점을 주는 것은 인권 침해야. 사랑하다 구박을 받더라도 나는 내 인권을 마음껏 누릴 거야."

나은이 말에 비장미가 흘러넘쳤다.

"그래, 마음껏 인권을……."

인권을 누리라는 말을 하려다 정신이 번쩍 들었다.

'인권? 인권 침해?'

나는 생활지도위원회 주도로 강력하게 시행되는 단속과 벌점을 떠올렸다. 규정이 깐깐하고 단속이 과도하게 이루어진다고 여기기는 했으나, 별 문제의식을 느끼지는 못했다. 그런데 나은이 같은 모범생조차 답답하게 느낄 정도면 자유분방한 애들은 어떻게 느낄지 뻔했다. 더구나 3학년들이야 생활지도위원들과 가까우니 그냥저냥 넘어가기도 하지만, 1 · 2학년들이 느끼는 압박감은 3학년보다 훨씬 심할 듯했다. 어쩌면 '새롭게 시행되는 단속 규정과 벌점 부과는 심각한 문제가 아닐까?' 하는 생각이 들었다. 그리고 나는 인권부 첫 사업으로 새로운 벌점 규정과 이로 인해 억울하게 벌점을 받은 사례를 조사해야겠다는 결론을 내렸다.

그다음 날 지환이에게 내 생각을 전했다. 곰곰이 따져 보고는 지환이도 좋다고 했다. 그래서 인권부 차장 지원자 공고와 함께 벌점 규정에 대한 불만사항을 접수받는다는 공고를 같이 붙였다. 불만사항이 들어오면 어찌할지는 학생회 전체 회의를 통해 결정하기로 했다. 공고를 붙이자마자 급식실에 설치한 의견 수렴함에 쪽지들이 빠르게 쌓였다.

나는 전체 의견을 분류해서 통계를 냈다. 단순한 불만이 아니라 세세하게 상황을 묘사한 글은 별도로 정리했다. 내가 정리한 자료를 본 지환이는 골똘히 생각하더니 결심이 선 듯 단호하게 말했다.

"아무래도, 학생회 차원에서 뭔가 특별한 대책을 세워야겠어."

사례 1 : 복장

체육을 마치고 오니 무척 더웠다. 특히 발에 땀이 많이 찼다. 답답하기도 했다. 양말을 벗었다. 덥고 목이 말라서 슬리퍼를 신고 물을 마시러 나갔다. 정수기가 있는 곳으로 가는데 빨간 딱지를 목에 건 생활지도위원이 나타나더니 나를 잡았다. 체육 끝나고 더워서 잠깐 물 마시러 나왔다고 했지만, 아랑곳하지 않고 내 반과 이름을 물었다. 짜증을 냈더니 갑자기 스마트폰을 꺼내서 내 얼굴을 찍었다.

"왜 내 얼굴을 허락도 안 받고 찍어요?"

내가 세게 따졌더니 딱딱한 목소리로 규정을 읽어 주었다.

"벌점 운영 규정 제2항. 규정 위반으로 학생생활지도위원에게 적발된 학생은 학년, 반, 이름을 곧바로 말해야 한다. 단속된 자가 신상정보 제공에 불응하면 학생생활지도위원은 위반자 신상정보를 다른 방법으로 수집하고, 해당 대상자에게 벌점 3점을 별도로 부과한다."

"제가 뭘 위반했는데요?"

마찬가지로 딱딱하게 규정만 읽어 주었다.

수상한 휴대폰, 학생자치법정에 서다

"복장 / 화장 규정 제7항, 복장을 단정하게 할 의무 위반입니다."

어처구니가 없었다. 체육 수업을 마치고 더워서 양말을 벗고, 옷차림이 조금 흐트러진 채 물 마시러 나왔다고 복장 불량이라니…….

"체육 끝나고 더워서……."

"학년, 반, 이름이 어떻게 되죠?"

"잠깐 물 마시러……."

"계속 이러면 벌점 3점을 추가합니다."

아무리 사정을 말해도 내 말은 듣지도 않고 마치 기계처럼 나를 대했다. 아마 이렇게 하라고 단단히 교육을 받은 모양이었다. 기계에게 따져 봐야 소용없는 노릇이고, 벌점 3점을 추가로 받기도 싫었기에 요구에 굴복하고 말았다.

황당한 사건은 그 뒤에 또 이어졌다.

체육 시간 다음 수업까지는 체육복을 입어도 되기에 계속 입고 있었다. 답답한 교복을 입기는 싫었다. 쉬는 시간이 되자 교실에서 일단 윗도리를 갈아입었다. 안에 반팔 옷을 입었기에 교실에서 갈아입어도 괜찮았다. 그런 다음에 바지를 들고 탈의실로 갔다. 위는 교복, 아래는 체육복 차림이었고, 내 손에는 교복 바지가 들려 있었다.

그때 또다시 빨간 딱지를 목에 건 생활지도위원들이 나타났다. 이번에도 복장 불량으로 나를 잡았다. 내가 상황을 설명했지만 또다시 사진을 찍고, 기계처럼 규정을 읽어 주고는 내 이름과 학년, 반을 물으며 대답하지 않는다면 추가로 벌점을 부과하겠다고 이전과 같이 재촉했다.

"탈의실로 옷 갈아입으러 가는 중이었다니까요."

"복장 / 화장 규정 제6항, 교복은 같은 종류끼리 입어야 하며 서로 섞어서 입는 것은 금지입니다."

갈아입으러 가는 도중이었다고 아무리 강조해도 나는 핑계나 대는 거짓말쟁이로 취급당했다. 추가 벌점 3점을 받기 싫어서 또다시 굴복하고 말았다.

탈의실에서 옷을 갈아입고 돌아오는데 화가 머리끝까지 났다. 교실에 돌아와서 짝꿍에게 상황을 말하는데 나도 모르게 마구 욕이 나왔다. 그때 누가 내 등을 톡톡 쳤다. 조금 전 바로 그 생활지도위원이었다.

"벌점 규정 3-1항, 욕설 금지 위반입니다. 벌점 3점, 이의 없으시죠?"

하도 어처구니가 없어서 아무런 대꾸조차 못 했다.

딱 한 시간 만에 나는 벌점 7점을 받았다. 3점만 더 받으면 엄마 아빠에게 경고 문자가 날아간다. 아마 그 3점도 재수 좋으면 곧바로 내일 선물 받을지도 모른다. 솔직히 말해서 생활지도위원이 내 바로 옆에 붙어서 단속을 계속하면 생활지도위원회에 회부되는 30점쯤이야 하루 만에 채워질지도 모른다. 도대체 이런 단속을 왜 하는지 모르겠다.

사례 2 : 복장

늘품중학교 학생이라면 다 알겠지만 우리 학교 춘추복은 불편하기 짝이 없다. 재질이 빳빳하고 멋이 안 난다. 생활복은 편하기는 하지만 역시 촌스럽다. 색감도 모양새도 어떻게 그렇게 보기 싫은 요소만 모아서 조합을 했는지 모르겠다.

우리 솔직히 고백해 보자! 중학교 진학을 두고 고민할 때 급식 때문에 늘품중학교에 오고 싶었지만, 교복 때문에 선택을 고민하지 않았는가? 나는 심각하게 고민했다. 우리 언니도 늘품중학교에 다녔는데 교복이 끔찍하게 싫었다고 했다.

"그래도 적당하게 섞어 입으면 보기 싫지는 않아. 정 안 되면 그나마 괜찮은 체육복을 입어도 되고."

"나는 예쁜 교복이 좋단 말이야. 늘품중학교 교복은, 아무리 언니가 입고 다녔지만, 정말 꽝이야!"

"급식은 최고야."

"급식은 안 먹어 봤지만 교복은 늘 봤잖아. 저런 걸 어떻게 입고 다녀."

"나는 그 끔찍한 옷을 3년 동안이나 입었어. 네가 우리 학교 급식을 안 먹어 봐서 고민하는 거라니까. 네가 이제까지 먹은 급식과는 차원이 달라."

그러면서 언니는 늘품중학교 급식이 얼마나 대단한지 침이 마를 정도로 칭찬했다. 맛을 세세하게 묘사하는 언니 말재주에 넘어가지 않았다면 나는 늘품중학교를 택하지 않았을 것이다.

지난 2년, 나는 언니 충고에 따른 선택에 만족했다. 다른 학교 친구들을 만나면 늘 급식 자랑을 했다. 교복이 불만이기는 했지만 적당히 뒤섞어서 입으며 불만을 달랬다. '나는 옷은 예쁘게 입어야 한다고 믿지만 편하면 됐지' 하면서 애써 스스로를 달랬다.

그런데 이제는 금지다. 가장 편하고 좋은 체육복은 평소에는 입지도 못한다. 색깔도 모양도 촌스럽지만 입기에는 편한 생활복은 6월이나 되어야 입을 수 있다. 전에는 아무 때나 입어도 되었는데 규정이 바뀌면서 5월까지는 꼼짝없이 불편한 춘추복만 위아래로 입어야 한다. 다들 동감하겠지만 춘추복은 편하지도 않고 예쁘지도 않다. 특히 여학생 춘추복은 거의 테러 수준이다. 옷을 제대로 만들어 놓고 단속을 하더라도 해야 하지 않겠는가?

수업에 들어오면 복장 점검부터 하는 선생님이 있다. 아마 누군지 다들 알 것이다. 교복을 고친 걸 어찌나 귀신같이 잡아내는지 우리 반에서 교복에 조금이라도 손을 댄 애들은 모조리 걸렸다. 나도 걸려서 엄마와 한바탕 다투기까지 했다. 교복을 원래대로 되돌리느라 돈도 꽤 들었다. 그 교복을 수업 시간에 입고 있으면 불편해서 미치겠다. 치마 길이는 왜 그렇게 또 긴지……. 허리를 말면 조금 모양새도 낫고 불편함도 줄어들기에 평소에는 허리를 몇 번 말아서 입는다. 그러다가 그 선생님 수업 시간만 되면 다들 교복을 되돌리느라 난리법석을 떤다. 도대체 그 짓을 왜 하는지 모르겠다.

교복은 학교 내에서 뿐만 아니라 학교 밖에서도 문제를 일으킨다. 등하교 때 교복을 입고 다니면 이상하게 쳐다보는 눈이 많아서 얼굴을 못 든다. 한번은 어쩔 수 없는 상황이라 학원에 교복을 입고 갔는데, 다른 애들이 교복으로 어찌나 놀려 대는지 미치는 줄 알았다. 이런 놀림을 받은 경험, 다들 있지 않은가? 특히 여학생들이라면.

자신이 다니는 학교가 자랑스러워야 하는데 교복 때문에 학교가 부끄럽게 느껴진다. 이런 엉터리 규정을 왜 강요하는지 모르겠다. 교복을 바꾸든지, 규정을 바꾸든지, 뭐든 제발 해 주면 좋겠다.

사례 3 : 화장

"색조화장 했잖아?"

"기초화장만 했다니까요."

"턱에 쉐딩했잖아."

"제 피부 빛이 원래 그래요."

"볼에 하이라이트도 했네."

"그냥 미백 썬크림을 발라서 그래요."

"이게 어떻게 미백 썬크림이야."

"쌤이 몰라서 그렇지 잘 하면 하이라이트를 한 것 같은 효과가 나요."

"억지 부리지 마."

"유튜브에서 배웠단 말이에요."

"눈썹은 또 뭔데? 아이라인도 그렸잖아."

"이건 그냥 연필로 그린 거예요."

"자꾸 거짓말할래?"

"아이라이너를 못 쓰게 해서 연필로 그렸는데, 그것도 잡나요?"

"어이가 없어서 정말……. 입술은 또 뭐야?"

"립밤이에요."

"색깔이 있는데 무슨."

"컬러 립밤이라고요. 립밤도 못 바르나요?"

"색깔이 너무 진하잖아."

"립밤은 화장도 아니에요."

"이렇게 진한데 어떻게 화장이 아니야?"

"안 바르면 환자 같단 말이에요."

"거 봐. 너도 화장이라고 인정하잖아."

"기초화장은 된다면서요?"

"입술을 빨갛게 칠하고, 쉐딩에 하이라이트까지 했는데 기초화장이
야?"

"기초랑 색조랑 기준이 뭔데요?"

"잘 알면서 왜 갑자기 모른 척해?"

이게 무슨 상황일까?

우리 반에서 툭하면 벌어지는 일이다. 선생님은 색조화장을 했다고

단속하고, 우리는 그냥 기초화장만 했다고 우긴다. 화장을 허락하려면 다 하든지 기초화장만 허락하고 색조화장은 금지하는 까닭을 모르겠다. 화장은 예뻐 보이려고 하는 건데 색조화장을 안 하면 그게 무슨 화장이란 말인가? 학교 안에서 색조화장을 금지해도 어차피 밖에 나가면 다 하고 다니는데, 학교 안에서만 금지해서 뭐 하겠다는 건지 모르겠다. 기준도 불분명하고, 단속하는 이유도 모르겠고, 효과도 없는 화장 단속, 제발 그만하면 좋겠다.

사례 4 : 화장

요즘 학교생활에 긴장감이 넘친다. 굳이 공포 영화를 안 봐도 짜릿짜릿하다. 생활지도위원이 뜨면 마치 연쇄살인범이라도 나타나듯이 다들 긴장하고, 걸릴 만한 애들은 미리 도망을 친다. 쉬는 시간마다 한 명이 망을 보다가 빨간 딱지가 뜨면 일제히 화장을 지우고 옷매무새도 가다듬는다. 그러고는 빨간 딱지가 사라지면 다시 얼른 화장을 한다. 선생님들이 들어올 때도 마찬가지다. 단속이 심한 선생님이 오면 얼른 화장을 지우고, 봐주는 선생님이 들어오면 다시 화장을 한다. 하루에 화장을 지웠다 다시 하기를 몇 번이나 반복하는지 모르겠다. 그 바람에 다들 빠르게 화장을 지우고 다시 하는 실력이 일취월장하고 있다.

짜릿한 경험을 여러 번 했는데 가장 최근에 겪은 사건을 소개하겠다. 나는 그때 화장을 지운 상태였고, 내 친구는 학교가 금지하는 색조화장을 예쁘게 하고 있었다. 친구가 음악실을 가야 하는데 심심하다고 해서 같이 따라갔다. 이야기를 나누며 걸어가는데 4층 입구에서 생활지도위원이 검문을 하고 있었다. 그대로 가면 검문에 걸릴 듯해서 재빨리 방향을 틀었다. 뒤로 돌아간 다음 3층으로 내려왔다. 또다시 그곳에서 검문하는 생활지도위원과 마주쳤다. 친구는 머리카락으로 얼굴을 가리며 한 층 아래로 내려갔다. 다행히 2층에는 검문이 없었다. 2층 복도를 지나서 끝까지 간 다음 계단을 올라가려는데, 계단 위에서 내려오는 생활지도위원과 또 마주치고 말았다. 친구는 고개를 푹 숙이고 내가 친구를 슬쩍 가려서 다행히 걸리지는 않았다. 한 층을 올라간 다음 음악실로 가는데 생활지도위원이 정면에서 걸어왔다. 게임 속에서 끝없이 등장하는 괴물 같았다. 피할 수 없는 상황이라 적당히 가리고 지나가려는데 생활지도위원이 친구를 불렀다.

"거기, 잠깐 서 보세요."

친구는 찰나도 망설이지 않고 도망쳤다. 나도 친구를 따라 뛰었다. 생활지도위원들이 우리를 잡으려고 뛰어왔다. 우리는 복도를 가로지르며 달렸다. 건물 끝에서 계단을 타고 오르려는데 위에서 생활지도위원이 나타났다. 위와 뒤에서 생활지도위원이 우리를 잡으려고 쫓아오는 위기상황이었다. 나는 친구 손을 끌고 아래로 도망쳤다. 아슬아슬하게 생활지도위원 손에서 벗어난 우리는 100미터 달리기 시합 때보다 빠르게 운동장으로 튀어나갔다. 실내화를 신고 운동장으로 가면 안 되지만 어쩔 수 없었다.

추격자를 따돌리고 나니 등에서 식은땀이 흘렀다.

"그래도 운이 좋네. 그지?"

친구는 뭐가 그리 즐거운지 웃어 댔지만, 나는 도대체 내가 뭐 하는 짓인가 싶었다. 잡혀도 괜찮은 나는 왜 그리 열심히 뛰었을까? 우정을 위해서였을까? 아니면 막연한 두려움 때문이었을까? 가쁜 숨을 몰아쉬며 기뻐하는 친구를 옆에 두고, 나는 찜찜함에 씁쓸해졌다.

나는 편하게 학교생활을 하고 싶다. 이렇게 단속하지 않아도 학교는 충분히 힘들다. 힘겨움을 덜어 주지는 못할망정 학교가 학생들을 더 괴롭게 해서는 안 된다고 본다.

사례 5 : 화장

색조화장을 했다고 생활지도위원실에 단체로 끌려갔다. 선생님은 우리를 나란히 세우더니 화장을 지우라고 다그쳤다.

"빡빡 지워. 제대로 지워야지 뭐 해? 얼굴 옆에 남았잖아. 눈이랑 입만 지우면 어떡해? 피부도 다 지워야지."

하도 무섭게 몰아붙여서 그랬는지, 아니면 화장을 지운 자기 얼굴을 보고 슬퍼서 그랬는지 모르지만 한 명이 엉엉 울어 버렸다. 선생님은 울든 말든 아랑곳하지 않았다.

"다 지운 사람은 세면대에서 씻어."

생활지도위원실에 있는 세면대에 일렬로 서서 한 명씩 비누로 얼굴을 말끔하게 씻었다. 처참했지만 아무도 반항하지 않았다. 그만큼 생활지도위원실 분위기는 무서웠다. 세수까지 다 하고 나니 선생님이 얼굴을 다시 검사했다. 그때 유난히 피부가 예민한 친구가 조심스럽게 손을 들었다.

"쌤, 저 피부가 따가워요."

저래도 되나 싶었는데, 조금 전까지 무섭게 다그치던 선생님이 얼굴빛을 확 바꾸고는 책상에 놓인 미스트를 집어 들었다. 선생님은 친구 얼굴에 미스트를 바싹 댔다.

"아, 참 20센티미터지. 바싹 대고 뿌리면 맺혀서 흡수가 안 된다며?"

선생님은 이런 일을 여러 번 겪어 본 듯했다.

선생님은 친구 얼굴에 미스트를 넉넉히 뿌려 주었다.

"뭐해? 부드럽게 두드려야지. 그래야 흡수가 잘 돼."

친구는 얼굴을 토독토독 두드렸다.

"볼 아래쪽도 두드려, 약간 이슬처럼 맺혔잖아."

선생님이 그렇게 부드럽게 말하는 모습은 처음이었다.

화장을 강제로 지우게 하고는 피부가 따갑다고 하니 미스트를 뿌려 주는 꼴은 아무리 봐도 코미디다. 일부러 웃기려고 하는 짓도 아니고. 도대체 이런 쓸데없는 짓을 벌이는 까닭을 도무지 모르겠다.

사례 6 : 화장

마스크를 쓰고 방을 나서는데 엄마가 또 잔소리를 했다.

"넌 아프지도 않고, 미세먼지도 없는데 마스크는 왜 껴?"

"화장 안 한 채 나가기 싫어."

"맨 얼굴이 왜 부끄러워?"

"싫단 말이야."

집을 나갈 때마다 툭하면 벌어지는 말다툼이다.

나는 화장 안 한 얼굴로 다니기 싫다. 그렇다고 미백 썬크림만 바르기도 싫다. 색조화장을 못 하게 하니 다들 미백 썬크림만 잔뜩 바르고 다닌다. 학교에 가면 얼굴이 하얗게 뜬 애들이 많다. 미백 썬크림만 허용해 주니 다들 자기 얼굴 빛깔은 고려하지 않고 두껍게 발라서 대낮에 나타난 귀신처럼 보인다. 학교에서 하얗게 뜬 얼굴을 볼 때마다 눈이 썩는 듯하다.

어차피 다들 화장을 한다. 학교 끝나면 나도 화장을 하느라 바쁘다. 마스크 쓰고 다니기도 답답하다. 단속보다는 화장법을 제대로 가르쳐 주는 게 낫지 않을까? 오늘도 마스크를 쓰고 다니는데, 얼굴에 자국이 생겨서 짜증이 난다. 이 답답한 현실이 빨리 끝나면 좋겠다.

사례 7 : 과자

나는 늘 배가 고프다. 먹고 돌아서면 곧바로 허기가 찾아온다. 나도 이런 나를 잘 모르겠다. 키가 크려고 그러는지, 살이 찌려고 그러는지는 모르겠지만 늘 배가 아우성을 친다. 아침밥을 먹고 급식을 마주하기까지 그 기나긴 시간이 내게는 고통이다. 급식을 먹고 저녁밥을 기다리는 시간도 괴롭다. 내가 학교에 간식거리를 챙겨 오는 까닭은 고통에서 벗어나기 위함이다. 김밥이나 햄버거처럼 배가 든든해지는 먹거리면 좋겠지만 보관도 어렵고 냄새도 심하다. 그래서 주로 과자를 챙겨 온다. 전에는 수업 시간에도 몰래 먹었는데, 단속이 강해지면서 이제는 쉬는 시간에만 먹는다. 수업 때 허기가 져도 꾹 참는다. 나로서는 엄청난 인내다.

그런데(그런데 말입니다!!!), 이제는 쉬는 시간에도 간식을 못 먹게 생겼다. 어제, 여느 때처럼 쉬는 시간에 과자를 먹으며 허기를 달래는데, 다음 수업 선생님이 쉬는 시간이 한참 남았음에도 교실로 들어왔다. 나는 움찔했지만 과자를 수업 시간에 먹어야 벌점을 받는다는 규정이 떠올랐기에 주눅 들지 않고 당당하게 계속 먹었다. 이미 봉지를 열었기에 멈추기도 어려웠다. 먹다가 남기게 되면 눅눅해지기도 하고, 허기를 참기 어렵기도 했다.

"교실에서 누가 과자를 먹니?"

선생님이 느닷없이 내 앞으로 다가왔다.

"교실에서 과자를 먹으면 안 되지. 벌점 2점."

벌점 규정에도 없는 벌점을 받으니 황당했다. 당연히 나는 따졌다. 아니 항의를 했다.

"쌤, 벌점 규정에 없잖아요?"

나는 정당한 이의제기를 했으나 선생님은 듣는 척도 안 했다.

"너는 교실에서 과자를 먹는 게 괜찮다고 생각하니?"

딱히 괜찮다고 생각하지도 않지만 나쁘다고 생각하지도 않는다. 나는 하지 말라는 규정이 없기에 했을 뿐이다.

"아니, 벌점 규정에 없어서……."

"규정에 없다고 다 할 거야? 낙서하면 벌점 준다는 규정이 없으니까 낙서를 막 하고 다닐 거야? 아니잖아. 그건 상식이야 상식."

순식간에 나는 몰상식한 사람이 되고 말았다. 논리력이 약한 나로서는 그 순간 반박할 논리가 떠오르지 않았다.

"그리고 규정에 없기는 왜 없어. '1-6항에 교육환경을 더럽히는 행위'라고 있잖아. 그리고 벌점 운영 규정 1항에 보면 교사가 판단하기에 학생으로서 부적절한 행위를 할 경우 5점 이내에서 교사 재량껏 벌점을 부여해도 된다고 하잖아."

논쟁으로 선생님을 이길 수는 없었다. 곧이어 수업 시간 종이 울렸고 내 벌점은 그대로 굳어지고 말았다.

나는 수업 시간 내내 생각하고 또 생각했다. 쉬는 시간에 과자를 먹는 게 정말 낙서를 아무 데나 하는 행위와 같은 걸까? 규정에 없지만 상식으로 판단하기에 하면 안 되는 행위에 해당할까? 나는 과자 부스러기도 떨어뜨리지 않는다. 교실을 깨끗하게 유지해야겠다는 의도는 아니다. 부스러기라도 떨어지면 그만큼 내 입으로 들어갈 과자가 줄어들기 때문에 절대로 바닥에 흘리지 않는다. 먹고 난 뒤 과자 봉지를 아무 데나 두면 쓰레기 투기에 해당하기에 깔끔하게 처리한다. 아무리 따져 봐도 나는 교육환경에 해를 입히는 행위를 하지 않았다.

교사 재량껏이라는 말은 그냥 선생님 눈에 거슬렸다는 뜻으로밖에 안보였다. 교사 재량으로 마음대로 벌점을 줘도 된다는 규정은 아무리 봐도 엉터리다. 나는 과자까지 압수당했는데, 이 점이 가장 억울하다. 과자는 내 소유인데, 과자가 무슨 담배나 라이터나 흉기도 아닌데, 왜 압수를 해 간단 말인가? (그러고는 돌려주지도 않았다. 내 과자인데, 절도 아닐까?)

그 선생님에게 단속을 당한 뒤, 나는 다른 수업 쉬는 시간에만 과자를 먹었다. 그러다 생활지도위원들에게 걸려서 벌점을 받았다. 내가 따졌더니 쉬는 시간에 과자를 먹는 행위도 단속을 하라는 지시가 떨어졌단다. 이제 나는 고통스러운 허기를 묵묵히 참고 지낸다. 인내심은 길러졌는지 모르겠지만, 배가 고픈 탓에 수업에 집중하기는 더 어려워졌다.

과자를 먹는 게 그리 큰 잘못인가? 그냥 먹게 해 주면 안 되나? 아니, 정 교실에서 못 먹게 하려면 과자를 먹는 곳을 지정해 주든지, 아니면 매점이라도 만들어 주면 안 되는 것인가? 밥만 먹고 하루를 버티기에는 너무 힘들다.

사례 8 : 휴대전화

나는 전자기기 규정이 마음에 안 든다. 현 규정은 '수업 전 제출 – 수업 후 반환'이다. 그러다보니 수업을 하기 전에 휴대전화를 내느라고 소란스럽고, 끝나면 되찾아가느라고 또 소란스럽다. 애들은 쉬는 시간만 되면 마치 며칠은 휴대전화를 못 만진 사람처럼 군다. 수업 준비도 안 하고, 친구끼리 대화도 나누지 않고, 심지어 화장실에도 잘 가지 않는다. 아침에 등교해서 제출하고, 끝날 때 되돌려 받았을 때는 없던 일이다. 학교 측이 학생들 권리를 위해 휴대전화 제출 규정을 바꾼 취지는 이해한다. 그렇지만 내가 보기에 우리들은 아직 그런 권리를 절제하며 누릴 능력이 안 된다.

수업 전에 제출하고 수업 끝나면 돌려받는 규정은 학교가 학생들에게 해 줄 수 있는 최대 혜택이라고 본다. 그런데도 학생들은 선생님들을 속인다. 수업 전에 휴대전화를 내야 하지만 안 내는 애들이 수두룩하다. 학기 초에는 선생님들이 일일이 내는지 안 내는지를 확인했지만 시간이 갈수록 꼼꼼하게 확인하는 선생님들이 거의 사라졌다. 시간마다 확인하기가 귀찮고, 수업하는 시간을 잡아먹기도 하니 아예 안 해버린다. 선생님들이 확인을 안 하니 갈수록 휴대전화를 안 내는 애들이 많아진다.

어쩌다 확인하는 선생님들이 있는데 그러면 집에서 안 가져왔다고 거짓말하는 애들이 엄청 많다. 허위 제출은 금지이지만 안 쓰는 휴대전화를 내는 애들도 많다. 솔직히 본인이 아니면 쓰는 기기인지 아닌지 정확히 알 길이 없다. 선생님이 의심해도 자신이 쓰는 기기라고 강력히 주장하면 허위 제출로 벌점을 주기도 어렵다.

그나마 안 내기만 하면 다행이다. 어쨌든 수업 전에 내는 취지가 수업 중에 휴대전화를 쓰지 않도록 하기 위함이니 말이다. 그런데 많은 애들이 수업 도중에 몰래 휴대전화를 사용한다. 여학생들은 긴 머리카락을 이용해 이어폰을 가린 채 노래도 듣고, 동영상도 본다. 심지어 드라마를 보기도 한다. 수업 도중에 유튜브 생방송을 하며 댓글 놀이를 하기도 한다. 몰래 영상이나 사진을 찍어서 돌려 보고 낄낄거리면서 놀기도 한다. 초기에는 가끔 선생님들에게 들키기도 했지만 이제는 선생님들 특성을 파악해서 걸리지 않는 방법을 찾아냈다. 가끔 실수로 무음으로 해 놓지 않아서 진동이나 소리가 울리지 않는 한 걸리지 않는다.

벌칙 조항도 유명무실하다. 미제출 및 허위 제출을 하면 벌점을 받고 1주일 동안 교내 사용을 금지당하는데, 금지하는 효과가 전혀 없다. 선생님들이 수업에 들어왔을 때 확인하기는 하지만 쉬는 시간에는 통제가 불가능하기 때문이다. 선생님들은 학급회장에게 관리하라고 요구하지만 사이가 틀어질 각오를 하지 않는 한 학급회장이 단속하기는 어렵다. 그러니 규정을 어기면 사용금지 처분이 아니라 일주일은 아예 압수해야 한다. 자유를 주었는데 무책임한 짓을 했다면 그에 걸맞게 강력한 처벌을 해도 된다고 본다. 지금은 규정은 규정대로 허술하고, 처벌은 처벌대로 약해서 아무런 효과가 없다.

이런 생각을 밝히면 주위 친구들은 다들 나를 별종 취급한다. 내가 정말 별종일까? 아니면 부작용이 뻔히 보이는데도 내버려두는 선생님들이나, 자유에 따른 책임의식이라고는 없는 학생들한테 문제가 있을까? 학교는 학생들이 학습을 잘할 수 있는 여건을 마련해 주어야 하는 책임이 있다고 생각한다. 학생들이 잘못된 유혹에 빠지지 못하게 막는 것, 자유에 따른 책임을 가르치는 것이 선생님들이 해야 할 책무라고 본다.

그래서 나는 휴대전화는 등교 시 제출하고 하교 시 반환하도록 해야 한다고 본다. 또한 규칙을 어겼을 때는 단순히 사용금지가 아니라 일주일 정도는 압수해서 자기 잘못에 대한 책임을 확실히 물어야 한다고 본다. 학생회 차원에서 이를 학교에 요구하면 학생회가 학생들에게 엄청 욕을 먹겠지만, 욕을 먹더라도 옳은 일은 해야 한다고 생각한다.

사례 9 : 휴대전화

휴대전화를 수업 시작 전에 내고, 수업 끝나면 돌려받고……. 솔직히 정신이 없다. 이동 수업을 하거나, 화장실에 가거나, 친구들과 수다를 떨거나, 미처 하지 못한 숙제를 하다 보면 깜빡하고 못 낼 때도 있다.

어제도 그런 실수가 있었다. 4교시에 휴대전화를 돌려받은 뒤 영상을 보려고 소리를 키웠는데 실수로 벨소리도 켜진 듯했다. 그러고서 점심을 먹은 뒤 밀린 학원 숙제를 했다. 문제풀이를 하느라 5교시 전에 휴대전화를 내는 걸 깜박했다. 물론 휴대전화를 다시 무음으로 해 놓지도 못했다. 한참 수업을 하는데 갑자기 알림이 울렸다. 선생님이 화를 내며 나를 나무랐다. 벌점과 휴대전화 일주일 사용 금지 명령은 억울하지 않다. 그러나 선생님이 나를 거짓말쟁이에 무책임한 학생으로 취급한 것은 무척 속상하고, 억울하다.

나는 실수를 했을 뿐이다. 실수였지만 벌점과 벌칙은 받아들여야 한다고 생각한다. 그러나 나는 절대 선생님을 속이고, 무책임하고 방종한 짓을 하는 학생은 아니다. 내가 보기에는 규칙이 문제다. 나는 규칙이 바뀌어야 한다고 본다. 현 규정은 실수하는 사람과 잘못을 저지르는 사람을 구분할 수 없게 만든다. 내고 받기를 거듭하다 보니 소란스럽고 정신이 없다. 선생님들 몰래 안 내는 애들도 많다. 처벌도 바꿔야 한다고 본다. 무조건 처벌할 게 아니라 실수와 고의를 구분하기 위해서 처음에는 낮게 처벌하고, 위반 횟수에 따라 처벌을 더 강하게 하는 식으로 바꾸면 좋겠다.

사례 10 : 벌칙

벌점을 많이 받아서 생활지도위원회 징계처분에 따라 학교자원봉사를 하는 애들이 많다. 내가 보기에 자원봉사는 적당한 처벌이 아니다. 흔히 하는 자원봉사 가운데 하나가 급식봉사나 피켓 들기다. 급식봉사는 봉사인지 갑질인지 헷갈린다. 급식봉사를 한다면서 급식 먹는데 와서 깨끗하게 먹으라는 둥, 바른 자세로 먹으라는 둥 괜한 잔소리를 늘어놓는다. 반납을 하다가 조금이라도 실수를 하면 무슨 큰 잘못을 저지른 죄인처럼 비난을 한다. 지저분해지는 걸 정리하라고 급식봉사를 시키는데, 뭐 하는 짓인지 모르겠다. 피켓 들기는 더 웃긴다. 아침 등굣길이나 급식실 입구에서 피켓을 들고 있는 꼴이 가관이다. 피켓으로 장난을 치고, 집어던지고, 쓰레기 버리지 말라는 피켓을 든 채로 쓰레기를 버린다. 그러면서 상점을 받아 벌점을 감면받는다. 반성하는 기색이라고는 밥 한 톨만도 없는데 말이다. 봉사는 벌칙이 아니다. 벌칙을 주려면 제대로 주면 좋겠다. 벌칙을 주는 이유는 벌칙이 무서워서 다시는 나쁜 짓을 하지 않게 하기 위함인데, 지금 봉사 벌칙은 그런 효과가 전혀 없다.

사례 11 : 벌칙

나는 명심보감이 싫다. 지긋지긋하다. 방과후에 남아서 명심보감을 수없이 썼다. 종이가 까맣게 되도록 쓰고 또 썼다. 뭔 뜻인지도 모를 한자를 열심히 그렸다. 도대체 그 짓을 왜 하는지 모르겠다. 괜히 반감이 드니 명심보감에 나오는 대로 절대 안 해야겠다는 생각마저 들었다. 수업이 다 끝났는데 집에도 못 가고, 학원 수업에도 늦고……. 벌점이면 됐지, 짜증나는 벌칙은 왜 추가로 주는지 모르겠다. 아무리 봐도 이중 처벌이다.

그러다 어제 벌점 20점이 됐다. 금요일까지 상점으로 벌점을 깎지 못하면 부모님 소환이다. 벌점 10점이 됐을 때 집으로 연락이 갔는데, 심하게 잔소리를 들었다. 특히 아빠가 크게 실망했다. 학교생활을 착실히 하는 줄 알았는데 믿음이 깨졌다며 나를 나무랐다. 나는 잘못을 싹싹 빌고 앞으로 벌점을 다시는 받지 않겠다고 단단히 약속했다. 그런데 20점이 돼서 부모님이 불려 온다면? 생각만 해도 싫었다. 걱정이 된 나는 얼른 선생님을 찾아갔다. 온갖 귀여운 척과 아부를 하며 선생님에게 시킬 일 있으면 시켜달라고 부탁을 했다.

선생님은 없는 일을 억지로 만들어서 나에게 시켰다. 선생님께 단 1점이라도 더 받으려고 착한 척하며 아부도 늘어놓았다. 그 덕분에 상점 5점을 받았고, 벌점은 15점으로 줄어들었다. 부모님 학교 소환이라는 위기에서 벗어난 것이다. 나는 가슴을 쓸어내리면서도 한편으로는 씁쓸했다. 선생님 앞에서 좋게 보이려고 간사한 짓을 하는 내게 짜증이 났다. 선생님에게 예쁘게 보여서 상점을 더 받으려고 발버둥치는 내가 쓰레기 같았다.

사례 12 : 불공평

우리 수학 선생님은 기부천사다. 벌점 기부천사!

아무 때나 툭하면 벌점을 기부해 주신다. 단 한 시간 수업에서 벌점 8점을 한꺼번에 기부받은 적도 있다. 벌점 때문에 애들은 수학 선생님

앞에서 꼼짝도 못 한다. 선배들 말을 들어보면 전에는 학생들을 비난하는 말로 휘어잡았다고 하니, 그나마 다행이라고 해야 할까? 그런데 이상하게도 우리 벌점 기부천사께서는 벌점을 안 주는 애들에게는 절대 안 준다.

벌점 기부천사께서 벌점을 주지 않는 부류는 둘이다. 첫 부류는 예상한 대로 공부 잘하는 우등생들이다. 수학 선생님은 공부 잘하는 애들에게는 절대 벌점을 안 준다. 수업 도중에 몰래 이야기하다 걸려도 나는 벌점을 받지만 공부 잘하는 애들은 벌점을 안 받았다. '왜 얘는 안 줘요?' 하고 따질 수는 없는 노릇이었다. 그랬다가는 친구 관계가 끝장나니까!

조금 불만은 있지만 공부 잘하는 애들을 잘 대해 주는 거야 이해한다. 우등생들을 특별대우해 주는 거야 어릴 때부터 익숙하고, 한두 선생님만 그러지도 않으니 말이다. 문제는 툭하면 사고치는 말썽쟁이들에게도 벌점을 안 준다는 점이다. 늘 말썽을 부리는 애들은 옷을 어떻게 입든 내버려두는데, 나는 작은 트집거리만 생겨도 벌점을 받는다. 늘 사고치는 애들은 화장을 떡칠하고 다녀도 내버려두면서 내가 입술에 틴트만 발라도 얼굴이 그게 뭐니 하면서 벌점을 준다.

한번은 용기를 내서 불공평하지 않냐고 따졌더니 뭐라고 하는 줄 아는가?

"얘네는 늘 사고를 치니 벌점을 있는 대로 다 주면 학교를 못 다니거나 강제전학을 당할 수도 있잖아. 선생님으로서 그러면 안 되지."

와! 그 한없는 사랑이라니……. 그 사랑은 왜 말썽쟁이한테만 나눠 주는지 모르겠다. 우등생도 아니고 말썽쟁이도 아닌 나 같은 애들만 중간에 끼어서 벌점 폭탄을 기부받는다.

툭하면 우리를 단속하는 생활지도위원들도 맨날 사고치는 애들은 안 건드린다. 괜히 건드렸다가 말썽에 휘말리기 싫어서 그런 듯하다. 그러다 보니 정작 말썽쟁이들은 벌점이 낮고, 나 같은 어정쩡한 학생들만 벌점을 왕창 받는다. 벌점을 안 받으려면 공부를 아주 잘하거나, 말썽을 심하게 부려야 한다. 나는 공부 잘할 능력이 안 되니, 차라리 말썽을 부려 버릴까 하는 고민까지 했다.

학생들이 학교생활을 잘하라고 벌점 규정을 만들었을 텐데, 말썽을 더 부리고 싶은 충동이 들게 만드는 규정이라면 뭔가 잘못 돼도 한참 잘못된 게 아닐까?

사례 13 : 불공평

생활지도위원들은 3학년은 안 잡고 저학년만 잡는다. 친하면 안 잡고 안 친하면 잡는다. 어떤 애는 운이 좋아서 안 잡히고, 어떤 애는 운이 나빠서 잡힌다. 눈치가 없으면 걸리고 눈치가 빠르면 살아남는다. 벌점 규정은 그나마 정해져 있기라도 한데 상점은 선생님 마음이다. 똑같은 행동을 해도 어떤 때는 주고 어떤 때는 안 준다. 억울하다고 변명을 하거나, 불공평하다고 항의라도 하면 선생님에게 예의 없이 굴었다고 벌점을 받는다. 선생님 지시가 부당하다고 생각해서 반론이라도 펴면 지시불이행이라고 한꺼번에 벌점 10점을 얻어맞는 경우도 있었다. 이제는 변명이나 작은 반박조차 혹시라도 불이익을 당할까 봐 못한다.

한번은 이런 적도 있었다. 복도에서 그리 크지 않게 친구들과 함께 이야기를 나누며 걷다가 선생님에게 걸렸다. 선생님은 길게 잔소리를 하고는 벌점을 주었다. 우리는 억울했지만 항의는 못했다. 그랬다가는 더 큰 불이익을 받을지도 모르기 때문이다. 말로 항의는 안 했지만 얼굴에는 불만이 가득했다. 그런데 벌점을 다 주고 나서 선생님이 뭐라고 했는지 아는가?

"선생님이 잘못을 지적하고 바른 길을 알려 주었으면 '지도해 주셔서 감사합니다' 하고 말해야지, 뭐 하는 태도야?"

어이가 없었지만 하는 수 없이 '지도해주셔서 감사합니다' 하고 말했는데, 속이 얼마나 부글부글 끓던지…….

이제 억울한 처분을 당해도 변명이나 반박을 못 할 뿐 아니라, 도리어 감사해야 할 판이다.

왜 학생은 무조건 선생님께 복종해야만 할까? 부당한 지시, 부당한 벌점, 잘못된 조치에는 항의도 하고, 정확한 사정을 말할 기회를 줘야 하지 않을까? 어떤 일이 벌어졌는지 사정은 알아보지도 않고 무조건 야단치고, 벌점을 주고, 거기에 감사까지 하라니…….

남아서 맨날 고전을 쓰다 보니 멋진 말씀도 많이 알게 됐다. 공자님이 그랬다. 세 사람이 길을 가면 그 가운데 반드시 스승이 있다고. 어린 사람에게 배우는 걸 부끄럽게 여기지 말아야 한다고. 선생님들은 우리에게 고전쓰기로 벌칙을 주면서 정작 자신들은 실천하지는 않는 것일까?

사례14 : 저항

우리는 선생님들이 원하는 대로 해 보기로 했다. 아무도 화장을 안 했다. 옷은 완벽하게 갖춰 입었다. 교실은 깨끗했고, 떠들지도 않았다. 수업 전에 휴대전화는 다 냈고, 교과서와 공책과 인쇄물을 가지런히 책상 위에 올려놓았다. 선생님이 들어오고 10분 동안 우리는 완벽한 모범학생이 되었다. 선생님도 의아해할 정도였다. 10분 후, 우리는 모조리 잠을 자 버렸다. 벌칙 규정에 잠은 없다. 잠은 수업을 방해하는 행위가 아니다. 그러니 벌점을 주지 못한다. 하도 억울해서 우리끼리 벌인 작은 저항이었다. 과연 선생님들이 원하는 것이 무엇인지 생각해 보라는 항의였다. 단속과 벌점이 지향하는 목적이 학업 향상과 인격 함양인지, 아니면 억압과 복종인지…….

처음에는 눈치를 못 챘던 선생님은 우리가 왜 그런지 알아차렸다. 선생님이 한참 동안 우리를 나무랐지만, 우리는 아랑곳하지 않았다. 말이 안 통하자 선생님은 가장 만만한 애를 골라서 일부러 자꾸 깨웠다. 그럼에도 그 아이는 용기 있게 끝까지 우리와 함께 작은 저항을 계속했다. 그러자 선생님은 갑자기 '교사 지시불이행'으로 벌점 10점을 그 애한테만 줘 버렸다. 우리가 벌인 소심한 저항은 지시불이행이라는 강력한 벌칙 앞에서 와르르 무너지고 말았다.

나는 선생님이 취한 조치를 이해하지 못하겠다. 아무리 그래도 그렇지 깨웠는데 일어나지 않는다고 지시불이행으로 벌점 10점이라니, 그것은 유흥업소를 출입했을 때나 음주와 흡연을 했을 때 받는 벌점과 같다. 수업 시간에 자는 것이 유흥업소 출입이나 음주·흡연처럼 나쁜 일인가? 이제는 수업 시간에 졸려서 잠이라도 몇 번 자면 학교생활이 엉망이 될 각오를 해야 할 판이다. 잠 때문에 강제전학을 당할지도 모른다. 이제 우리 학교에서는 잠이 제일 무서운 일탈이 되고 말았다.

2
나는 샌드위치다

: 이태경 :

처음에 빨간 목걸이 명찰을 받았을 때는 기분이 괜찮았다. 목걸이 명찰은 빨간 바탕에 하얀 글씨로 '학생생활지도위원 이태경'이란 이름이 새겨진 플라스틱이었는데 꽤나 멋졌다. 사진도 제법 잘 나와서 만족스러웠다. 빨간 목걸이 명찰을 걸고 교문 앞에 서 있는데 학생들이 다들 내 눈치를 살피며 지나가서 괜히 어깨가 올라갔다. 재판관 처분을 기다리는 피고인들을 보는 듯해서 묘한 우월감마저 느꼈다. 생활지도를 위해 교실과 복도를 순회할 때는 더욱 어깨에 힘이 들어갔다. 다들 나를 살피며 걸리지 않으려고 애쓰는 모습을 보며 권력자로서 기쁨을 누리기도 했다. 강요와 협박으로 나를 생활지도위원으로 밀어 넣은 담임 선생님에게 고마운 마음마저 들었다. 그러나 우월감, 기쁨, 고마

수상한 휴대폰, 학생자치법정에 서다

움은 그리 오래가지 못했다. 우월감은 절망으로, 기쁨은 슬픔으로, 고마움은 원망으로 바뀌었다. 행복은 짧고 불행은 길게 늘어졌다.

출발은 아침 시간이었다. 생활지도위원은 이틀에 한 번 꼴로 아침에 30분 일찍 나가야 한다. 생활지도위원이 28명인데 절반이 교문 생활지도를 하고, 나머지 절반은 쉬는 시간과 점심시간에 단속을 하고 다닌다. 선배들은 교문 생활지도를 거의 안 했다. 하더라도 시늉만 할 뿐 거의 잡지 않았다. 교장 선생님이 바뀌면서 교문 생활지도를 강화하라는 지시가 떨어졌다. 화장, 복장, 안전등교 등에서 조금이라도 위반 사항이 발견되면 가차 없이 벌점을 주었다.

아침에 일찍 나가야 하니 잠이 모자랐다. 엄마는 밥을 학교와 시험보다 더 중요하게 여긴다. 엄마는 내가 밥을 안 먹으면 지각을 하더라도 보내 주지 않는다. 그 바람에 이틀에 한 번 꼴로 잠자는 시간이 30분씩 줄었다. 아침에 30분을 못 자는 날이면 하루 내내 피곤했다. 즐겁게 살자가 내 신조인데 잠이 모자라니 웃으며 넘어갈 일도 괜히 짜증이 났다. 더구나 습관이 들면서 빨리 안 가도 되는 날에도 일찍 눈이 떠졌다. 이래저래 수면 부족으로 피곤과 짜증이 늘었다.

그나마 생활지도위원 활동을 하며 보람을 느끼면 다행인데 욕만 소나기처럼 얻어먹었다. 목숨이 몇 십 년은 늘어난 듯해서 입이 찢어지도록 행복하다. 하하하! ^^ (빌어먹을 ㅠㅠ.)

아침 단속은 처음에는 힘들었지만 적응이 되니 그나마 괜찮았다. 초기에는 다들 엉망진창이라 힘들었지만 단속이 강화되면서 차츰 분위기가 잡혀서 할 일이 많이 줄었다. 규정에 어긋나는 복장은 거의 사라졌고, 문제 삼을 만한 화장도 몇몇 노는 애들을 빼고는 없어졌다. 학교 근처 신호등을 위험하게 무단 횡단하는 사례도 찾아보기 어려워졌고, 휴대전화를 쳐다보며 걷는 경우도 최소한 단속 현장 근처 거리에서는 없어졌다. 문제는 교내 단속이었다.

나는 이나현과 짝이 되어 같이 다니는데, 별꼴을 다 당했다. 아침에 얌전하던 애들이 시간이 가면 점점 흐트러지다가 점심을 먹고 나면 난장판이 된다. 화장을 진하게 하고, 옷을 뒤죽박죽 섞어서 입는다. 동아리 활동이라도 하면 아예 사복으로 입고 다니기도 한다. 점심 후 생활지도를 돌면 걸리는 애들이 많을 수밖에 없다. 나는 되도록 얌전하게 생활지도 활동을 했다. 나쁜 인상을 주기 싫어서 늘 웃고 다녔다. 나도 학생이기에 몰인정하게 굴지 않았다. 단속을 하고 싶지도 않았지만, 단속 실적이 전혀 없으면 선생님께 야단을 맞기에 심한 경우에만 잡았다. 그럼에도 학생들에게 꾸준히 욕을 먹었다.

단속을 하러 교실에 들어가면 갑자기 불을 꺼 버리기도 했다. 불을 켜려고 하면 일제히 째려보며 불청객으로 취급했다. 나쁜 바이러스가 몸에 들어온 듯이 나를 대했다. 그나마 친한 애들이 있는 반은 괜찮은데 낯선 반이면 이곳저곳에서 욕설이 넘쳐났다. 심한 욕을 하면 잡히니 잡기 애매한 욕을 해댔다.

바이러스 취급을 당하는 게 짜증이 나서 조금이라도 불쾌한 기색이라도 내비치면 곧바로 고자질을 해 버렸다. '생활지도위원이 싸가지가

없어요', '힘을 부려요', '눈 밖에 났다고 생트집을 잡아요' 등 없는 잘
못을 지어내어 선생님에게 고자질을 하고, 아래 학년들은 3학년은 안
잡고 만만한 1·2학년만 잡는다면서 선생님에게 민원을 넣었다. 이런
고자질이나 민원이 들어오면 우리는 그날 곧바로 생활지도위원실로
소집을 당해 처참하게 깨졌다.

벌점을 받으면 기분이 나빠서 민원을 넣기도 하고, 불만이 많으니
없는 말을 지어내기도 한다. 선생님은 그런 사정을 뻔히 알면서도 우
리에게 갈등을 빚지 말고, 단속은 세게 하라는 불가능한 과제를 주었
다. 도대체 뭘 어떻게 하라는지 모르겠다. 애들은 단속 자체가 불만이
지 부드럽지 않은 단속이라서 불만인 게 아닌데 말이다.

처음에는 3학년을 살짝 봐주기도 했지만 민원을 몇 번 받고 난 뒤에
는 3학년을 더 많이 잡았다. 3학년은 최고 학년이고 알 만큼 알기 때문
에 풀어진 경우가 많다. 보는 눈이 많으니 친구라도 봐주지도 않았다.
그 바람에 친구들 사이에서 나는 점점 기피 대상이 되고 있다.

2학년이 선배인 나에게 대놓고 불만을 드러내도 그러려니 했다. 그
렇지만 새파란 1학년이 대들면 왈칵 화가 치밀었다. 처음에는 어찌할
바를 몰랐는데 점점 경험이 쌓이면서 대처하는 능력이 길러졌다. 어쩌
면 무뎌졌는지도 모르겠다.

한번은 이런 일이 있었다. 1학년 복도에서 한 남자애가 체육복을 입
은 채 친구들과 어울려서 휴대전화를 만지며 놀고 있었다. 나는 빨간

생활지도증을 내밀었다.

"복장 규정 위반입니다."

1학년이지만 깍듯하게 존댓말을 썼다. 심지어 친구한테도 존댓말을 하라고 교육을 받았기에 없는 예의까지 끌어다 썼다.

"아, 뭐예요. 체육 시간 끝나고 한 시간 뒤까지는 입어도 되잖아요."

어린 녀석이 인상을 팍팍 쓰면서 눈을 치켜떴다.

"아, 뭐야, 이 형아는 우리 수업도 모르면서."

"빨간 딱지만 있으면 단가?"

옆에 있던 녀석들도 덩달아 성질을 북돋았다.

체육복 입은 놈은 손가락으로 두 눈을 팍 찌르고, 나머지 놈들은 뒤통수를 한 대씩 갈겨 버리고 싶었지만, 마음씨가 한없이 착한 나는 부드럽게 타일렀다.

"거짓말하지 말고……. 3교시가 체육 시간이었죠?"

그 정도 타일렀으면 알아들을 만도 한데 끝까지 버텼다.

"헐, 우리 반 수업을 뭘 안다고?"

"천잰가 봐?"

"알파고네, 알파고."

이것들을 그냥 확! 그럼에도 나는 웃음을 잃지 않았다. 거짓말하는 꼴이 가소로워 보였다.

체육복 단속을 하면서 처음에는 난감한 경우가 많았다. 체육복은 체육 수업이 끝나고 한 시간 뒤까지 입어도 되기에 바로 전 시간이 체육이 아니라고 해도 무조건 단속하면 안 된다. 학생이 천 명이나 되는데 어느 반이 체육이고, 언제 체육 수업이 끝났는지 일일이 확인하기 어려웠다. 그 때문에 잘못 단속했다고 항의도 많이 받았고, 체육복 입고 다니는데 왜 단속하지 않느냐는 항의도 받았다. 실수로 벌점을 주었다가 역으로 벌점을 맞는 생활지도위원도 있었다. 한동안 체육복 때문에 골치가 아팠다. 그래서 각 반 체육 수업 시간표를 보기 좋게 정리해서 우리끼리 나눠 가졌다. 교실 단속에 들어가기 전에는 체육 시간을 꼭 확인했다. 일부러 체육 수업이 끝나고 두 시간이 지난 뒤에 단속을 하기도 했다. 그때까지 체육복을 입고 있는 경우가 많기 때문이다.

"오늘은 3교시 체육 수업, 지금은 점심시간, 그러니 규정 위반 맞죠?"

나는 득의양양하면서도 티 나지 않게 비웃어 주며 친근하게 말했다.

"아, 뭐야? 우리가 몇 반인데 3교시에 체육이에요?"

"3반이잖아."

슬슬 짜증이 난 나는 일부러 반말을 했다.

"뭐야? 이 형! 우리 4반인데. 크크크, 반도 모르면서."

옆에 애가 버릇없이 굴었다.

딱 봐도 거짓말이었다. 이걸 그냥!

"진짜 4반이라고? 좋아! 아니면 생활지도위원을 속인 혐의로 벌점 추가야. 그래도 4반이야?"

만약 거짓으로 생활지도위원을 속이면 추가 벌점이 5점이다. 보고

할 때 특별히 표시를 하면 선생님이 따로 불러서 호되게 야단을 친다.

"내 참! 4반이면 어쩔 건데?"

나이도 어린 것들이 반말이었다. 나는 갑질을 하는 손님을 대하는 장사꾼과 같은 표정을 지으며 휴대전화를 꺼냈다. 그러고는 재빨리 카메라를 열고 체육복 입은 녀석을 찍었다.

"뭐야? 초상권 침해!"

"초상권? 내가 너 못생긴 얼굴을 인터넷에 올리기라도 했냐? 웃기고 자빠졌네. 너 분명히 1학년 4반이라고 했지? 뭐, 아니라고 발뺌은 못 할 거야. 대화도 다 녹음했으니까."

녹음은 거짓말이었다.

"너 이름이 뭐야?"

"이름은 왜요?"

끝까지 버릇이 없었다.

"생활지도위원에게 이름을 밝히지 않으면 역시 추가 벌점 3점인 건 알지?"

"이명수."

"이명수! 이름과 사진을 생활지도위원회 선생님께 보내면 곧바로 학교기록과 대조해서 답변이 와. 만약 거짓말이면 생활지도위원회 선생님께서 너를 특별히 불러서 교육해 줄 거야."

나는 사진과 이름을 선생님에게 전송하고는 전송한 화면을 보여 주었다.

그 녀석 얼굴이 일그러졌다. 손도 덜덜 떨었다.

"조금 전에 4반이라고 우긴 녀석이 누구지? 너 이름이 뭐야?"

"제 이름은 왜요?"

슬금슬금 뒤로 물러섰다.

"도망치면 알지? 이미 사진 찍었어. 도망쳐 봤자 3반인 거 다 알아."

뒷걸음질이 멈췄다.

"선생님이 확인하기 전에 솔직하게 털어놓으면 선생님께 말씀드려서 봐줄게. 남은 시간이 얼마 없어."

서로 눈치를 살폈다.

"3반 맞지?"

고개를 끄덕였다.

그때 선생님에게 연락이 왔다. 3반 이명수라고.

나는 화면을 보여 주었다.

"정확하지?"

이명수가 고개를 끄덕였다.

"대답 안 하니?"

"네!"

"그래. 이명수 벌점 2점."

나는 벌점 기록지에 적었다.

"자, 여기 자필로 네 이름 적어."

이명수가 확인란에 이름을 썼다.

"넌 이름이 뭐야?"

거짓말에 동조한 애에게 물었다.

"김, 정식이요."

"진짜지?"

"네."

"혹시 모르니까 사진 한 번 더 찍자."

"아뇨. 저, 박찬영이에요."

"햐! 끝까지 거짓말을……! 어처구니가 없군. 벌점 5점까지 줄 수 있지만, 이번만 봐줄게. 벌점 2점. 여기 이름 적어."

박찬영은 덜덜 떨면서 이름을 적었다.

"앞으로 규정 잘 지키고. 거짓말하지 마라."

나는 애들 등까지 토닥여 주고 그곳을 떠났다.

몇 걸음 걷지 않았는데 한 녀석이 욕을 하는 게 들렸다. 크지는 않았다. 다시 돌아서서 뭐라고 하려는데 이나현이 나를 말렸다.

"그만해. 그 정도 했으면 애들 충분히 쫄았어."

"어휴, 꼬맹이들을 그냥……."

이처럼 1학년들은 협박을 하면 먹혔다. 생활지도위원을 하며 쌓였던 힘겨움도 만만한 녀석들 상대로 힘을 부리고 나면 풀렸다.

그렇지만 2학년만 되도 이런 수법은 거의 안 통했다. 사진 찍고 연락하고 협박하는 방법을 이미 아는 2학년들은 걸리면 사진이 찍히기 전에 틈새를 봐서 도망쳐 버렸다. 잡으려고 뛰어가면 옆에 애들이 교묘하게 방해했다. 어떤 때는 일부러 복장 위반을 해서 우리를 끌어들인 다음 온갖 방해꾼들을 배치해 놓고 추격전을 벌이게 만들기도 했다. 대부분 죽어라고 쫓아가도 함정과 방해 때문에 검거에 실패하고 말았다. 그런 일을 몇 번 당하고 난 뒤에는 웬만하면 모르는 척했다.

한번은 모르는 척하며 안 쫓아갔더니 대놓고 놀려 댔다. 도저히 참을 수가 없었다. 부아가 잔뜩 치밀어서 끝까지 쫓아갔다. 온갖 방해를 뚫고 운동장까지 쫓아가서 마침내 잡았다. 이름을 물었더니 계속 엉뚱한 대답만 했다. 처음 답하는 이름과 그다음 답하는 이름이 달랐다. 몇 번을 물어도 장난을 치고 놀리기만 하기에 기회를 봐서 사진을 여러 장 찍은 뒤 선생님에게 전송해 버렸다.

"뭐야? 왜 사진을 찍어요? 인권 침해 아냐?"

이럴 때는 일일이 답을 해 주지 않는 게 낫다.

"항의는 생활지도위원회 선생님께 하세요. 복장불량 2점이네요. 야, 이나현! 이거 색조화장 맞지?"

이나현이 고개를 끄덕였다.

"그러면 색조화장 2점, 운동장에서 실내화 착용 2점, 생활지도에 불응한 채 도망치고 놀렸으니 추가벌점 5점, 단속된 뒤에 신상정보 제공 불응 3점, 합이 14점이네요."

여자애 얼굴이 창백해졌다.

"뭐야? 한꺼번에 14점을 주는 게 어디 있어요?"

"그러게. 왜 그러셨어요."

나는 친절하게 말했다.

나는 위반사항과 벌점 내역을 적어서 선생님에게 전송해 버렸다. 그러고는 씩씩거리는 여자애에게 전송한 화면을 보여 주었다.

"자, 확인하셨죠?"

여자애는 씩씩거리며 나를 노려보았다.

"나현이 너도 확인하는 거 봤지?"

이나현이 고개를 끄덕였다.

"앞으로 조심하세요. 고생하는 생활지도위원들 놀리지 마시고."

끝까지 상냥하게 말하고 몸을 돌렸다. 웃음이 나오려고 했지만 참았다. 그때 문자가 왔다. 선생님이었다.

'2-8 정나혜'

이름을 확인하고 다시 가려는데 욕설이 들렸다. 여느 때 같으면 그냥 모른 척 갔겠지만 나도 부아(분한 마음)가 치밀 대로 치민 상태였다. 나는 정나혜가 눈치채지 못하게 선생님에게 전화를 걸었다. 선생님이 전화를 받는 걸 확인하고 돌아섰다.

"방금 욕하셨죠?"

나는 일부러 정중한 말투를 썼다. 녹음을 할 때는 트집이 잡힐 만한 짓을 절대 하면 안 되기 때문이다.

"뭐래!"

여자애는 끝까지 버텼다.

"2학년 8반 정나혜 학생, 방금 저한테 욕하셨잖아요."

정나혜는 가타부타 대답은 않고 나를 노려보기만 했다.

"조금 전에 욕 하셨습니까, 안 하셨습니까?"

"아, 씨××××. 진짜 개같이!"

"지금 또 욕하시네요."

"근거 있어? 근거 있냐고? 괜히 생트집 잡지 마! 꼴에 선배라고."

정나혜는 끝까지 나에게 대들었다.

"야! 이태경, 뭐야?"

김영권 선생님이 크게 소리를 질렀다.

전화기에서 나는 소리는 정나혜에게도 들렸다. 정나혜 표정이 창백해졌다.

"아, 단속을 했는데 자꾸 아니라고 해서 선생님께 현장 소리를 들려드리려고요. 방금 2학년 8반 정나혜 학생이 정당한 생활지도를 한 저에게 욕설을 했습니다."

"그래? 정나혜 바꿔."

나는 최대한 친절하게 전화를 건넸다. 이럴 때는 트집잡힐 만한 짓은 조금이라도 하면 안 된다. 전화로 김영권 선생님이 정나혜를 따끔하게 혼내는 소리가 들렸다. 김영권 선생님은 말로 사람을 들었다 놨다 한다. 야단을 맞다 보면 혼이 쏙 빠져나가 버린다. 그래서 늘 사고치고 다니는 녀석들조차 생활지도위원회실에 끌려가서 야단맞는 걸 끔찍하게 싫어한다. 정나혜처럼 어설프게 장난치고 대드는 여자애에게 김영권 선생님은 저승사자나 마찬가지다. 정나혜가 나에게 전화기를 넘겨 줄 때는 얼굴빛이 새파래져서 살짝 불쌍해 보일 정도였다.

나는 선생님에게 인사를 하고, 전화를 끊었다.

그러고는 의기양양하게 그곳을 벗어났다.

"이태경! 조금 심하지 않아?"

이나현이 말했다.

"내가 맨날 이러든? 그냥 본때를 보여 주려고 한 거지. 솔직히 너도 속시원했잖아?"

"그렇긴 하지만……."

이나현이 정나혜 쪽을 힐끗 돌아봤다.

"이렇게라도 한 번씩 풀어 줘야지. 안 그러면 속으로 곪아."

나처럼 협박과 복수를 하지 않고, 욕을 먹어도 묵묵히 활동을 하던 이나현조차 과도해 보이는 내 단속에 동조할 만큼 생활지도위원들이 받는 압력과 고통은 엄청났다.

복수심 가득한 단속이 마냥 통쾌하지는 않았다. 복수에는 에너지가 많이 들었다. 복수도 점점 지쳐서, 나중에는 내가 기계려니 하면서 단속했다. 사정을 봐줘도 욕먹고, 단속해도 욕먹으니 그냥 기계처럼 단속을 하고, 기계처럼 처리를 했다. 기계처럼 딱딱하게 단속을 했더니 이번에는 인간미가 없다고 비난을 했지만 그러려니 했다. 어떤 때는 너무 지쳐서 단속을 며칠 동안 하는 둥 마는 둥 했다가 선생님에게 불

수상한 휴대폰, 학생자치법정에 서다

려 가서 엄청 혼났다. 혼나기 싫으면 단속을 해야만 했다. 위에서 까이고, 아래서 치이고, 완전히 샌드위치 신세였다.

우리만 샌드위치 신세인 줄 알았더니 선생님도 샌드위치였다. 우리 앞에서는 괴물보다 무서운 김영권 선생님이 학부모들과 통화하는 장면을 본 적이 있는데 불쌍하게 보일 정도로 쩔쩔맸다. 그 학부모는 색조화장으로 잡힌 여학생 학부모였는데 '애가 화장도 별로 안 했는데 잡혔다'면서 도대체 누가 잡았는지 밝히라고 따졌다. 그 학부모 목소리가 전화기 바깥으로 들렸는데, 어찌나 억지를 부리면서 비난하는지 내가 다 화가 났다. 그런데도 김영권 선생님은 끝까지 침착하게 설명하고 설득을 했다. 성인군자가 아니면 못 할 짓이었다. 겨우 달래서 전화를 끊었는데, 곧바로 또 전화가 왔다. 어떤 여학생 아빠였는데 이번에는 '애가 화장을 심하게 하고 다니는데 왜 잡지 않냐'고 따지는 항의였다. 한쪽은 잡았다고 항의, 한쪽은 안 잡았다고 항의였다. 도대체 어느 장단에 발을 맞춰야 할까? 전화를 하는 내내 김영권 선생님은 몹시 피곤해 보였다. 전화를 다 한 뒤에 허탈해하는 선생님 표정이 아직도 생생하다.

내가 측은하게 쳐다보니 선생님이 쓸쓸하게 웃었다.

"이런 전화만 받는 건 아니야. 격려 전화도 종종 있어. 학교가 진즉에 이렇게 했어야 한다고. 아침에 복장이나 화장 때문에 안 다투고, 애들이 사고도 덜 쳐서 좋다고."

늘 무섭게 우리를 다그치는 선생님이 그렇게 말하니 더욱 안쓰러웠다. 비극인데 억지로 좋은 점을 발견하려고 애쓰는 드라마 배우 같았다.

생활지도위원회실은 늘 저녁까지 불이 켜져 있다. 이것저것 처리할 일이 많기 때문이다. 벌점과 상점을 정리하고, 학부모나 학생들에게 통보도 하고, 통보를 한 뒤에는 학부모들과 일일이 전화 통화도 해야 하고, 말썽을 자꾸 부리는 애들과 상담도 하고, 학교폭력이 벌어지면 1차 조사도 해야 한다. 다른 선생님들은 당신이 처리하기 힘든 사건이나 애들이 생기면 생활지도위원회 선생님들에게 재빨리 떠넘겨 버렸다. 그런데도 생활지도 선생님들은 겨우 세 분밖에 없다. 학생 1000명을 겨우 세 분이서 감당하니 일이 산더미일 수밖에 없다. 생활지도 선생님들은 우리 못지않게 불쌍했다.

아무도 행복하지 않다. 선생님도, 생활지도위원도, 단속되는 학생도 다 불행하다. 모두가 불행한 일을 도대체 왜 계속하는 걸까? 언제까지 이 짓을 해야만 하는 걸까? 새 교장 선생님이 마음에 안 든다. 이 모든 불행을 일으킨 원흉이 바로 교장 선생님이다. 학교에 압력을 넣는 학부모들은 교장 선생님보다 더 싫다. 툭하면 제대로 단속하지 않는다고 선생님들한테 따지고, 단속을 심하게 하면 왜 그렇게 벌점을 많이 주냐고 따진다. 도대체 어쩌란 말인가? 자식이 나쁜 짓을 했다고 알리면 바로 인정하지 않고 나쁜 친구 때문이라거나, 다른 사정이 있을 거라고 변명을 늘어놓는다. 어떤 학부모는 선생님이 제대로 생활지도를 안 해서라고 선생님을 비난한다. 왜 자기 자식이 엉망이 된 게 모조리 친

구 탓, 학교 탓, 선생님 탓인가? 당신이 나쁜 애로 길러 놓고는 왜 남을
탓하는지 모르겠다.

허기가 진다. 간식으로 샌드위치나 먹으러 가야겠다.

3
순박한 희생자

: 이예나 :

울지 않으려고 애썼다. 괜찮다는 위로도 못 했다. 위로로 감당할 슬픔이 아니었다. 짙은 아픔이 식탁 위를 짓눌렀다. 그렁그렁하던 눈물이 점점 불어났다. 뿌연 물안개가 내 눈에도 피어올랐다. 마침내 눈물이 둑을 넘었다. 큰 덩치 탓에 눈물방울이 작아 보여서 더 슬펐다. 일단 넘친 눈물은 멈추지 않고 흘러내렸다. 얕은 울음이 새어 나왔다. 시원하게 터지지 않아 더욱 고통스러웠다. 아무도 손을 움직이지 않았다. 입에서 쓴 맛이 났다.

"이렇게 맛있는데…… 흑흑… 거기는… 엉엉… 맛이 없어… 엉엉……."

슬픔은 급식실로 조용히 퍼져 나갔다. 급식실에서는 잡담 소리조차 들리지 않았다. 다들 소리 죽인 채 먹었다. 침묵은 다 함께 보내는 위로였다. 이 사태를 만들어 낸 그놈은 보이지 않았다. 이런 날 안 나타나다니, 그놈한테도 마지막 염치(수치심)는 있었나 보다.

"먹어… 빨리 먹어… 흑흑… 너희들은 이 급식이 얼마나… 엉엉… 축복인지 몰라."

울면서도 성욱이는 꾸역꾸역 먹었다.

"그러다 체해. 천천히 먹어."

손으로 가볍게 성욱이 어깨를 어루만졌다.

"괜찮아… 난 괜찮아… 먹어. 빨리 먹어."

성욱이는 눈물을 훔치더니 힘차게 밥을 먹었다.

나와 친구들은 다시 손을 움직였다. 특식이었지만 맛을 느끼지 못했다. 맛있기로 소문난 우리 학교 급식 중에서도 특식은 최고다. 그렇지만 그때는 혀에 감각이 없었다. 그저 분노와 억울함만 쓴 물과 엉켜서 목을 타고 넘어갔다.

성욱이는 내가 친하게 지내는 남학생 중 한 명이었다. 덩치는 산만큼 큰데 성정(본성)은 순박했다. 그 흔한 욕도 한마디 못 했다. 내가 해 보라고 여러 번 가르쳐 주었지만 입을 떼지도 못했다. 성욱이 별명이 '남자 이선혜'였다. 선혜는 하늘에서 내려온 천사처럼 착하다. 늘 웃고, 궂은일을 마다않고, 남을 배려하고, 손해를 봐도 원망하지 않는다. 선혜에게는 못 미치지만 성욱이도 참 착하다. 얼굴에 '나는 순한 남자예요' 하고 쓰고 다녔다. '남자 이선혜'라는 별명은 성욱이에게 딱 어울렸다. 그런 성욱이는 얼마 전에 강제전학을 당했다. 성욱이가 강제 전학을 당한 데에는 내 책임도 크다. 그때 내가 그 일을 부탁하지만 않았어도……. 떠올릴수록 화가 치민다.

3학년이 되면서 나는 학급회장이 되었다. 나는 하기 싫었는데 하도 친구들이 하라고 해서 떠밀려서 맡았다. 하루는 무거운 물건을 잔뜩 교실로 가져가야 했다. 혼자 들고 가기에는 무겁고 많았다. 다른 녀석들은 부탁하면 이래저래 빼면서 조건을 달지만, 성욱이는 군말 없이 도와주기에 나는 성욱이에게 도움을 요청했다. 내가 들어도 될 몫까지 성욱이가 잔뜩 들고 교실로 먼저 갔다. 나는 뒤처리를 하느라 잠깐 더 있다가 나머지 짐을 들고 교실로 갔다. 교실로 가는데 복도에 이준석이 쓰러져서 뒹굴고 있었다. 성욱이가 들고 간 물건은 복도 바닥 곳곳에 어지러이 나뒹굴었다. 물건 하나는 완전히 찌그러져 있었다. 포장 위로 발자국이 선명했다. 크기로 봤을 때 성욱이 발자국은 아니었다. 성욱이는 어찌할 바를 몰랐다.

"무슨 일이야?"

"그게……."

성욱이가 말을 더듬었다. 성욱이는 당황하거나 위급할 때면 말을 제대로 못 한다.

"차분하게 말해 봐. 무슨 일이야."

"내가 그……."

"그 새끼가 나 쳤어. 저 큰 주먹으로 나를……. 와 아파, 씨~!"

이준석은 소리를 버럭버럭 지르면서 고통스러운 척 나뒹굴었다. 소리를 얼마나 크게 질러 대는지 성욱이 말이 제대로 들리지 않았다. 애들이 몰려들었고, 곧이어 선생님이 나타났다.

"무슨 일이니?"

"선생님! 저 덩치가 저를 때렸어요."

이준석은 손가락으로 성욱이를 가리키며 더욱더 아픈 척했다.

"내가… 그게…… 그냥……."

애들이 더 모여들었다. 시끄러워서 대화 소리가 안 들렸다.

"조용히 해! 너희 둘, 선생님 따라와."

성욱이가 걱정되었지만 바닥에 흩어진 짐을 정리해야 했기에 나는 따라가지 못했다. 그 사이에 몇몇 애들이 바닥에 놓인 짐을 밟아서 몇 개가 더 찌그러지고 말았다. 짐을 다 교실에 가져다 놓고 교무실로 갔다. 성욱이는 교무실에 없었다. 확인해 보니 생활지도위원회실에서 조사를 받는다고 했다.

성욱이는 5교시가 끝나도록 오지 않더니 종례 시간에 맞춰 돌아왔다. 그런데 잔뜩 주눅이 들어 있었다.

"어떻게 된 거야?"

파리떼처럼 꼬여드는 친구들을 다 쫓아내고 성욱이와 둘이만 있는 자리를 만들었다.

사건은 이랬다. 성욱이가 짐을 많이 든 탓에 앞이 잘 보이지 않아 피해 달라고 연신 말하며 걸었다. 그럼에도 이준석이 장난치며 뛰어오다가 성욱이와 부딪히면서 성욱이가 든 짐이 바닥에 떨어졌다. 이준석은 자기 잘못은 생각하지 않고, 욕을 내뱉으며 바닥에 놓인 물건을 밟아 버렸다. 내 예상대로 이준석이 한 짓이었다. 내가 아는 이준석은 그런 짓을 하고도 남을 놈이었다. 성욱이는 이준석이 발로 물건을 짓밟자 놀라서 그러지 말라며 손을 휘저어 말렸다. 그러자 갑자기 이준석이 뒤로 넘어지더니 맞았다고 데굴데굴 굴렀다. 구르다가 벽에 부딪혔고, 꽤나 세게 부딪혔는지 더 아픈 척했다. 그 뒤는 내가 본 장면이었다.

"선생님께 사실대로 말했어?"

"그게, 나는 사실대로 말했는데, 이준석이 자꾸 이상한 소리를 해."

"뭐라고?"

"내가 실수해 놓고, 먼저 화를 내며 자기를 쳤다고."

"뭐? 개자식이, 진짜!"

"야, 욕하지 마."

"너는 이 상황에서도 욕이 안 나와? 너한테 뒤집어씌웠잖아."

"나는 사실대로 말했어. 걱정하지 마."

"그 새끼가 거짓말하잖아. 잘못은 자기가 해 놓고. 내가 언제 한번 손봐 줄 거야."

"그러지 마. 그러다 처벌받으면 어쩌려고."

"너는 이 상황에서도 남 걱정이냐?"

성욱이는 끝까지 순하게 웃었다. 그래서 더욱 걱정되고 화가 났다.

성욱이는 걱정하지 말라고 했지만 나는 그러지 못했다. 내가 이준석을 누구보다 잘 알기 때문이다. 이준석은 역사 드라마에 나오는 간신배와 똑같다. 자기보다 약해 보이면 무시하면서 잘난 척하고, 조금이라도 세 보이면 꼬리를 내린다. 선생님들 앞에서는 착한 척하고, 뒤로는 온갖 나쁜 짓을 다 한다. 세 치 혀는 어찌나 잘 놀리는지 까딱 잘못하면 알고도 당한다.

내 걱정은 그대로 들어맞고 말았다. 성욱이는 학폭위에 가해자로 회부되었다. 그 소식을 듣자마자 생활지도위원회 김영권 선생님을 찾아갔다.

"성욱이가 가해자라니 말도 안 돼요."

"증거가 있어. 어쩔 수 없어."

"증거가 뭔데요?"

선생님은 전치 2주 진단서를 보여 주었다.

"이건 맞아서 생긴 게 아니라 바닥에 자기가 혼자 뒹굴다가……."

"어쨌든 다친 건 다친 거야. 성욱이도 손을 휘둘렀다고 인정했고."

"그건 때린 게 아니라 물건을 밟지 말라고 말린 거라고요."

"준석이는 안 밟았다고 했어."

"그 말을 믿으세요? 준석이가 어떤 앤데."

"준석이는 벌점은 없고, 상점은 아주 많아."

"그거 다 가짜예요. 약삭빠르게 굴어서 그런 거라고요."

"네가 성욱이와 친해서 이러는 줄은 아는데, 죄 없는 애를 모함하면 안 돼."

선생님은 내 말을 믿지 않았다.

"제가 봤어요. 준석이가 물건을 짓밟는 걸 봤다니까요."

"진짜 봤어?"

선생님이 처음으로 다르게 반응했다.

나는 내가 본 상황을 자세히 설명하면서 발자국이 선명했다고 강
조했다.

"그러니까 짓밟는 장면을 본 게 아니라, 발자국만 본 거네."

선생님 반응은 빠르게 처음으로 돌아가 버렸다.

"그걸 누가 밟았겠어요? 준석이라니까요."

"그건 네 생각일 뿐이야. 증거가 있으면 혹시 모를까! 혹시 그때 준
석이가 밟았다는 증거물이 아직 있니?"

있을 리가 없다. 이미 다 사용해 버린 뒤였고, 망가진 건 버렸으니
까. 남겨 놓았다 해도 증거가 되기는 힘들었다. 구경 온 애들이 몇 개를
밟아 버려서 맨 처음 이준석이 밟은 물건이 무엇인지 가려내기도 불가
능했다.

"결국 네가 직접 본 것도 아니고, 그냥 그럴 거라는 짐작뿐이잖아.
그 정도로는 성욱이를 선처할 증거가 안 돼."

"성욱이는 절대 남을 때릴 애가 아니에요. 걔 별명이 남자 이선혜예
요. 쌤도 이선혜가 어떤지 아시잖아요. 남자 이선혜라는 별명이 붙을
정도면 성욱이가 얼마나 착한지 아시겠죠?"

"네 마음은 알겠는데, 증거가 없으면 어떻게 할 수가 없다. 선생님은

규정에 따를 수밖에 없고."

"성욱이는 안 때렸다니까요!"

나는 선생님 앞인데도 소리를 지르고 말았다.

"뭐하는 짓이야! 쌤 앞에서!"

선생님이 버럭 화를 냈다. 나는 물러서지 않았다. 물러서면 성욱이
는 꼼짝없이 가해자가 된다. 내 친구가, 나를 도우려다가, 잘못되는 꼴
은 못 본다. 내가 징계를 받는 한이 있어도, 아닌 건 아니라고 말해야만
했다.

"애들 말을 조금이라도 들어보세요. 애들 몇 명만 불러서 조사하면
준석이가 어떤지 금방 알아요. 상점이 많다고 착한 애가 아니란 말이
에요. 벌점을 안 받았다고 나쁜 짓을 안 하는 것도 아니에요. 준석이가
평소에 얼마나 나쁜 짓을 많이 하는데……. 어떻게 선생님은 벌점이랑
상점만 보고 준석이가 착하다고, 준석이가 거짓말을 하지 않았다고 단
정지을 수가 있으세요? 성욱이는 절대 그럴 애가 아니란 말이에요. 걔
는 욕을 해 보라고 가르쳐 줘도 못하는 애예요. 이제까지 싸움 한 번 안
했고, 누가 욕을 해도 그냥 허허 웃어넘기고, 남이 먼저 잘못해도 자기
가 미안하다고 하는 애란 말이에요. 이번에도 제가 부탁한 물건이 아
니었다면 준석이한테 먼저 미안하다고 했을 거예요. 제가 부탁하는 물
건이었기에 준석이가 밟지 못하게 하려고 말리다가 접촉이 일어났을
뿐이라고요. 쌤은 성욱이를 몰라요. 저는 성욱이를 안단 말이에요. 우
리 학교 남자애들이 전부가 나쁜 짓을 해도 마지막까지 절대 동참하지

않을 애가 성욱이에요. 그런 애가 어떻게 먼저 때려요? 말이 안 된다고요."

선생님은 내가 쏟아 내는 말을 말리지 않고 끝까지 들었다.

"참고는 할게. 그렇지만 성욱이가 손을 휘둘렀다고 인정했고, 준석이는 맞았고, 진단서를 끊어 왔어. 이걸 뒤집을 수는 없어."

내가 아무리 열변을 토해도 선생님은 믿어 주지 않았다. 어쩌면 마음으로는 내 말을 받아들였는지도 모른다. 그러나 생활지도를 책임지는, 학교폭력을 처리해야 하는 선생님이기에 어쩔 수 없었는지도 모른다. 그럼에도 나는 선생님이 원망스러웠다.

내가 노력했음에도 학폭위는 열렸다. 나는 탄원서를 만들고, 많은 친구들에게 서명도 받았다. 그러나 우리가 낸 탄원서는 아무런 효과를 발휘하지 못했다. 학폭위가 열릴 때 증인으로 나서겠다고 신청했지만, 김영권 선생님은 받아 주지 않았다. 한쪽으로 치우친 증언이며 객관성이 떨어진다는 이유였다. 학폭위에서 이준석이 내민 진단서는 강력했다. 성욱이가 처음에 손을 휘둘렀다고 한 진술은 폭행을 행사한 핵심 증거가 되었다. 더구나 이준석 아버지는 검찰 출신 변호사여서 법에 매우 밝았다. 소식을 들어보니 형사 처벌에 손해배상소송까지 하겠다는 걸 선생님들이 간신히 설득해서 강제전학으로 마무리했다고 한다.

성욱이는 멀리 떨어진 학교로 가게 되었다. 나는 이준석에게 철저히 복수했다. 내가 아는 모든 인맥을 동원해서 이준석이 다른 애들과 어울리지 못하게 했다. 대놓고 하면 또 학교폭력으로 걸까 봐 드러나지 않게, 그러나 무자비하게 고립시켰다. 다들 성욱이가 얼마나 착한지 알았고, 이준석에게 불만도 많아서 억울하게 당했다는 사실을 알기에 나와 함께해 주었다. 이준석은 아무와도 어울리지 못했다. 가까이 지내던 애들조차 멀리했다. 그렇게 이준석은 우리들 사이에서 투명인간이 되었다. 그럼에도 나는 분이 안 풀렸다. 성욱이가 받은 부당한 처분을 되돌리지 못하는 나 자신이 한심했다.

어느 날 성욱이가 전학 간 학교 개교기념일이라고 우리를 찾아왔다. 때마침 수요일 특식이라 맛있는 급식 중에서도 최고인 날이었지만 우리는 맛있게 먹지 못했다. 성욱이 마음이 아플까 봐 억지로 다 먹기는 했지만, 나는 성욱이가 간 다음 화장실에 가서 몽땅 토하고 말았다. 거울 속에 비친 모습이 내가 아닌 듯했다. 창백한 얼굴로 화장실을 나오다 최미경 선생님과 마주쳤다.

"예나야! 너 얼굴이 왜 그래? 어디 아프니?"

최미경 선생님은 사회를 가르치는데, 학생들이 적극 참여하는 수업을 많이 한다. 다른 선생님들과 달리 학생들 요구도 잘 들어준다. 갑자기 설움이 터졌다. 울기 싫은데 울음이 나왔다. 선생님은 나를 데리고 상담실로 갔다. 나는 선생님에게 성욱이와 관련된 이야기를 모두 털어놓았다. 선생님은 처음부터 끝까지 내 말을 성심껏 들어주었다. 위로하는 말은 한마디도 하지 않았지만, 바위처럼 뭉쳤던 응어리가 조금은 풀린 듯했다.

그다음 날, 선생님이 나를 불렀다. 그 자리에는 채원이와 지환이도 있었다. 둘 다 1학년 때 자연과학부 활동을 하면서 가까워졌다. 특히 채원이는 속 깊은 얘기까지 나누는 절친이다.

"어제 예나 얘기 듣고 가슴이 많이 아팠어. 지환이랑 채원이도 어제 나에게 의논을 하러 왔는데 그걸 듣고도 속이 답답했고. 쌤이 가만히 따져보니 두 얘기가 비슷한 문제라는 생각이 들었어."

지환이는 전교학생회장이고 채원이는 인권부 부장이다. 지환이가 전교학생회에 인권부를 만든다고 했을 때 나와 친구들이 채원이를 부장으로 적극 추천했다.

"그래서 너희에게 제안을 하려고. 그게 뭐냐면…, 학생자치법정을 열자는 거야."

"선생님은 작년에 우리 학교에 오셔서 모르실 수도 있지만, 학생자치법정은 제가 1학년일 때는 있었는데 효과도 없고, 참여도 저조해서 없어졌어요."

지환이가 말했다.

"나도 들어서 알고 있어. 이번에 내가 제안하는 것은 옛날처럼 형식만 자치법정이 아니라 진짜 자치법정을 열자는 거야. 예나 너는 학생들 목소리를 들어주는 통로가 필요하다고 생각하잖아. 지금처럼 생활지도위원회에서 학생들 징계를 결정하고, 심한 폭력이 벌어지면 학생들 의견을 충분히 들어 보지도 않고 생활지도위원회에서 학폭위로 곧바로 올려 버리는 일이 없도록 하자는 거잖아. 인권부에서는 학생들이 호소하는 억울함을 풀어 주고, 올바른 생활지도 방법을 만들고 싶어

하고. 나는 학생자치법정이 괜찮은 해결책으로 보이는데 너희들은 어때?"

방법은 좋아 보였다. 그렇지만 우리가 요구한다고 들어주기나 할까? 내가 그렇게 진실을 말했는데도 들어주지 않았던 선생님들이 이런 요구를 들어줄까?

"너희만 동의한다면 내가 나서 볼게. 송윤정 쌤이랑 이명재 쌤도 나와 같이 나서 주기로 이미 약속했어. 내가 김영권 쌤과도 친하고, 학생주임 쌤과도 친하니까 어떻게든 설득해 볼게. 그리고 알다시피 송쌤, 이쌤이 과학부 활동으로 학교 이름을 빛내고 있어서 교장 선생님도 두 쌤이 요구하면 무시하지는 못하실 거야."

세 선생님이 힘을 합쳐 나선다면 실현될 가능성은 있어 보였다.

"너희들이 주인공이 될 무대는 나랑 쌤들이 나서서 어떻게든 만들어 볼게. 그런데, 알지? 무대보다 연기자가 중요하다는 거! 너희들, 제대로 해 볼 자신은 있니?"

2부

학생자치법정
: 나는 원한다

학생자치법정 참여자 모집 공고

늘품중학교 전교학생회에서는 최근 학생들 사이에서 논란이 되는 벌점 문제를 다루기 위한 학생자치법정을 개최할 예정입니다. 학생자치법정에서는 벌점 규정 및 운영에 대한 문제를 직접 다루고, 억울하게 벌점을 받은 학생은 자치법정을 통해 구제하고자 합니다. 학생자치법정 참가자를 아래와 같이 모집하오니 많은 관심 바랍니다.

- 변호인 : 학생회 및 대의원회에서 선출(3인)

- 검　사 : 학생생활지도위원 중에서 선출(3인)

- 배심원 : 벌점 누적 10점 미만인 학생만 지원 가능

　　　　　학년별 4명씩(남녀 각2명) 총 12명 선발

　　　　　지원자가 많을 경우 추첨으로 무작위 선발

- 피고인 : 억울하게 벌점을 받았다고 생각하는 당사자

　　　　　사유를 꼼꼼하게 적어서 제출해야 함.

　　　　　인원이 많을 경우 사유서 검토 및 면접을 통해 적정 인원 선발

　　　　　피고인은 자기 억울함을 증명해 줄 증인을 요청할 수 있음.

〈안내〉

– 전교학생회 인권부로 신청(배심원, 피고인만 신청)

– 자치법정 안에서 한 발언에 대해서는 일절 불이익이 없음을 보증함.

– 배심원 판단 결과는 생활지도위원회 선생님들이 반영하기로 약속함.

– 벌점 제도 개선에 관한 건의사항은 교장 선생님께서 적극 검토하겠다고 약속함.

〈일정〉

– 신청마감일 : 5월 8일

– 배심원/피고인 선정 : 5월 10일

– 첫 자치법정 개최 : 5월 13일

제21대 늘품중학교 전교학생회 회장 정지환

학생자치법정 개최 공고

제1회 학생자치법정을 아래와 같이 개최합니다.

- 변호인 : 박채원(인권부장), 이예나(3학년 3반 학급회장), 최재훈(인권부 차장)
- 검 사 : 홍성현(학생생활지도위원장), 이태경, 박성혜(학생생활지도위원)
- 배심원 : 1학년 성지우 한예원 박준혁 김성진

  2학년 오새린 유연수 김종욱 이지우

  3학년 정수민 권태희 김정민 신영석
- 피고인 : 개별통보
- 일 시 : 5월 13일 오후 4시
- 장 소 : 대강당
- 방청객 : 자유롭게 선착순으로 입장

〈주의사항〉

① 자치법정 안에서 휴대전화 사용, 사진/영상 촬영, 인터넷 생중계, 녹음 등을
  금지하며, 적발 시 증거 삭제 및 강제 퇴장 조치합니다(사생활 보호를 위해).

② 자치법정에서 논의된 사항은 사생활 보호를 위한 부분을 빼고는 모두 정리해
  서 공개할 예정이니 학생회 지침을 준수해 주시기 바랍니다.

제21대 늘품중학교 전교학생회 회장 정지환

수상한 휴대폰, 학생자치법정에 서다

1

사랑은 죄가 아니에요

: 이태경 :

"새로운 도전과 희망, 늘품중학교 학생자치법정이라! 참 거창하네."

나는 대강당 정면에 걸린 현수막 글귀를 읽으며 내가 앉아야 할 자리로 갔다. 자치법정에서 검사 역할을 할 사람을 뽑을 때 학생생활지도위원장인 홍성현을 빼고는 모두 뒤로 뺐다. 홍성현은 워낙 바른생활 사나이고, 논리력도 뛰어나서 우리끼리 위원장을 선출할 때도 만장일치로 뽑혔다. 자연과학부 활동도 2년 동안 같이했는데 항상 성실하고 곧은 친구였다.

검사 역할을 할 나머지 두 명은 남녀 각 한 명을 뽑기로 했는데 아무도 안 하려고 했다. 빨간 명찰을 달고 돌아다니며 먹는 욕만 해도 이미 넘치는데, 누가 그 껄끄러운 자리에 나가고 싶겠는가? 여자들은 서로 추천을 하더니 가장 많이 추천을 받은 박성혜를 뽑았다. 박성혜는 여자 지도위원 가운데 말발이 가장 세다. 남자들은 서로 눈치를 보며 추천조차 하지 않았다. 여자애들 몇 명이 남자들은 겁쟁이라며 놀려 댔다. 그럼에도 다들 모른 척했다. 굴욕은 짧고 욕은 길게 먹기 때문이다. 옆에 앉은 이나현이 내 옆구리를 찔렀다. 입모양으로 '네가 해!' 하며 독촉했다. 안 한다고 하려니 괜히 자존심이 상했다. 다들 모른 척하는 꼴이 보기 싫기도 했다. 괜히 오기가 생겼다. 이러면 안 되는데 하면서 손을 들고 말았다.

검사 자리에 앉고 보니 후회가 밀려왔다. 변호인 자리에는 박채원과 이예나가 보였다. 또 박채원이다. 자연과학부 끝나면 다시는 얼굴을 마주하지 않을 줄 알았는데, 무슨 질긴 운명인지 모르겠다. 이예나는 아주 결의에 찬 표정이었다. 다른 한 명은 인권부 차장인데, 책상에 놓인 이름표에 최재훈이라고 쓰여 있었다. 방청석에는 100명쯤 되는 학생들이 앉아 있었다. 두 배는 더 모일 줄 알았는데 생각보다 많지 않아서 안심이었다. 방청석 맨 앞자리에는 송윤정, 최미경, 이명재, 김영권, 박시우 선생님이 앉아 있었다. 모두 나와 잘 아는 선생님들이었다.

혹시나 교장 선생님이 왔나 살폈지만 안 보였다. 새 교장 선생님만 아니면 이 모든 일은 일어나지 않았다. 어쩌면 첫날 내가 위반하는 모습을 보이지 않았다면, 아니 교장 선생님에게 걸리지 않았다면, 이 모든 일이 안 벌어졌을지도 모른다. 물론 그럴 리는 없다. 교장 선생님은 부드러워 보이는 인상과 달리 엄청 깐깐하기 때문이다. 내가 아니었어도 교장 선생님은 이런 일을 벌일 분이었다.

나는 목에 걸린 빨간 명찰을 매만진 뒤 법정이 열리기만 기다렸다. 조금 뒤 배심원 12명이 현수막 아래에 놓인 자리를 채웠고, 학생회장인 정지환이 마이크를 잡고 무대 중앙에 섰다.

"안녕하세요. 학생회장 정지환입니다."

박수는 왜 치는지 모르겠다. 좋은 일도 아닌데.

"지난 선거에서 학생들 인권을 보호하는 활동을 적극 벌이겠다고 공약했고, 그 공약을 이행하기 위해 새롭게 인권부를 만들었습니다. 학생자치법정은 인권부 첫 사업입니다. 이미 공고한 대로 자치법정에서는 억울하게 벌점을 받은 학생들을 구제하고, 벌점 규정 및 단속에 대한 문제를 논의할 것입니다. 저는 진행자 역할만 하며 그 어떤 의견도 말하지 않고 결정에 개입하지도 않을 것입니다. 어떻게 진행할지는 검사와 변호인, 배심원과 피고인들이 모여서 이미 합의를 봤으므로 합의한 절차에 따라 진행하겠습니다. 민주주의 국가에서는 공개재판이 원칙이기에 자유로운 방청을 허용했습니다. 다만 공고에서도 밝혔듯이 혹시 모를 사생활 침해를 막기 위해 촬영, 녹음과 같은 행위는 일절 금지하니 따라 주시기 바랍니다. 촬영과 녹음은 학생회에서 별도로 하고, 내용을 정리한 뒤 추후에 공개할 계획입니다. 학생자치법정은 말 그대로 자치이기에 선생님들은 그 어떤 간섭도 하지 않으며, 자치법정에서 한 발언으로 인한 그 어떤 불이익도 없다는 점을 약속합니다. 그럼, 멋진 자치법정이 되기를 소망하며 재판을 열겠습니다."

조금 뒤 무대 가운데로 1번 명찰을 목에 건 남학생 한 명과 2번 명찰을 목에 건 여학생 한 명이 들어와 의자에 앉았다. 둘 다 교복을 입었는데 여학생 교복이 조금 이상해 보였다. 원래 교복을 조금 변형한 듯했다. 교묘하게 고쳐서 언뜻 보면 알아차리기 힘들지만 자세히 관찰해 보니 확실했다. 벌점 문제로 재판을 받는 자리에 떡하니 변형한 교복을 입고 오다니 어처구니가 없었다. 벌점 2점 딱지를 날리고 싶었다.

　정지환이 마음 편하게 얘기하라고 분위기를 잡아 주자 1번 명찰을 건 피고인이 마이크를 잡고 자기 사연을 늘어놓았다. 체육 수업 뒤에 옷을 갈아입으려고 탈의실에 가다가 상의는 교복, 하의는 체육복을 입은 채 걸렸는데 무지 억울하다고 했다. 더워서 양말을 잠깐 벗고 물 마시러 가다가 벌점 2점을 받기도 하고, 답답해서 교복을 잠깐 풀어 헤치고 앉아 있다가 걸리기도 했다고 말했다. 피고인 1이 하는 말은 단속할 때 이미 지긋지긋하게 들었다. 저런 뻔한 변명이나 들으려고 이런 자치법정을 열다니…….

변호인(박채원) 피고인 말을 종합하면 옷을 갈아입거나, 물을 마시거나, 답답해서 잠깐 복장이 흐트러졌는데 그걸 복장 규정 위반으로 벌점을 주는 것은 부당하다는 말이죠?

피고인 1 맞습니다. 잠깐이잖아요. 누구든 잠깐은 복장이 흐트러질 수도 있잖아요. 그럴 때마다 다 잡으면 단 하루에 30점도 채울 수 있으리라 봅니다.

변호인(박채원) 평소에 피고인 1은 규정에 맞게 교복을 잘 입고 다니는 편인가요?

피고인 1 제가 확인서 제출했잖아요. 제 친구들에게서 받은 확인서요.

변호인(박채원) 여기 피고인 1이 친구들에게서 받은 확인서를 증거물로 제출합니다.

박채원이 종이봉투를 내밀었고, 진행자인 정지환이 봉투 하나는 배심원에게, 다른 하나는 검사인 우리들에게 가져다주었다. 미리 주지 않고 갑자기 제출하다니, 한 방 먹이겠다는 의도가 분명했다. 딱 박채원다운 방식이었다. 그러나 박채원과 피고인 1이 대단한 자료처럼 내민 봉투에 담긴 자료는 별다른 게 없었다. 별 생각 없이 의리만 따지며 범죄자를 옹호하는 친구들이 떠드는 웅성거림이었다.

검사(홍성현) 말씀 잘 들었습니다. 피고인 1께서는 잠깐 복장이 흐트러졌다고 말했습니다. 그러면 그건 규정 위반이 아니라고 생각하는 건가요?

피고인 1 아주 잠깐이었습니다.

검사(홍성현) 잠깐이든 아니든 생활지도위원과 마주친 때에는 복장 위반이었죠?

피고인 1 그렇기는 하지만…….

변호인(박채원) 피고인 1은 바로 그게 문제라고 지적하는 겁니다. 아주 잠깐이고, 사정이 있는데, 무조건 단속해서 벌점을 주는 게 과연 복장 단속 취지에 맞느냐고 묻고 있는 거잖아요. 더구나 친구들 증언에 따르면 평상시 복장은 매우 단정하다고 했습니다.

검사(홍성현) 그러니까 피고인 1과 변호인 말을 종합하면 이러네요. 생활지도위원은 복장 위반을 발견했다고 해도 그 전에 무슨 상황인지 조사해야 하고, 잠깐 동안 복장이 흐트러졌는지 아니면 오랫동안 복장을 위반해서 입고 있는지 확인한 뒤에 벌점을 줘야 한다는 거네요. 그건 단속하지 말라는 말이나 마찬가지인 건 아시죠?

변호인(이예나) 그러니까 단속할 때 사정을 들어 봐야죠. 마구잡이로 하지 말고.

이예나가 큰 소리로 말했다. 조금 흥분한 듯했다. 나는 그냥 가만히 있으려다 근질거리는 입을 참지 못해 한마디 했다.

검사(이태경) 그 사연을 어떻게 믿죠?

변호인(이예나) 들어 보고 판단을 해야죠. 앞뒤 상황도 고려해 보고.

검사(이태경) 이예나 변호인은 단속을 안 해 봐서 모르는 모양인데, 다들 핑계를 댑니다. 사연 없는 범죄자는 없어요. 다들 억울하다고 합니다.

변호인(최재훈) 범죄자라니요? 어떻게 복장 규정 좀 위반했다고 범죄자입니까?

최재훈이 버럭 소리를 질렀다. 웃기는 놈이었다. 2학년 주제에 감히. 너 나중에 걸리기만 해 봐. 벌점을 왕창 줘 버릴 테니까.

진행자 이태경 검사는 표현에 조금 더 세심한 주의를 기울여 주시기 바랍니다. 그리고 최재훈 변호인은 정중하게 말씀해 주세요.

검사(이태경) 범죄자라는 표현은 취소합니다. 단속을 당하는 위반자들은 다들 핑

수상한 휴대폰, 학생자치법정에 서다

계를 댑니다. 특히 복장은 더 그래요. 다 사연이 있습니다. 그 사연을 듣고 벌점을 안 주면 어떻게 될까요? 아주 공정한 처분이라고 좋아할까요? 뒤에서 키득거리며 속였다고 좋아합니다. 나중에 잡힌 학생은 왜 쟤는 놔주고 자기는 잡느냐면서 불공평하다고 따지고, 선생님께 항의합니다. 그러면 저희는 선생님께 엄청 혼이 납니다.

나는 방청석 맨 앞자리에 앉은 김영권 선생님을 힐끗 쳐다봤다. 선생님은 팔짱을 낀 채 아무런 표정 변화가 없었다.

검사(이태경) 저희는 일일이 사정을 확인할 방법이 없습니다. 사정을 듣고 짧은 시간에 정확하게 판단을 내릴 능력도 없고요. 아까 피고인 1께서는 그런 식이면 하루에 30점도 채우겠다고 했는데, 하루에 복장으로만 30점을 채운 학생이 단 한 명이라도 있는지 확인해 봤나요? 아는지 모르는지 모르겠지만 생활지도위원들은 하루에 복장 위반으로 아무리 여러 번 걸려도 2회까지만 벌점으로 인정하고, 나머지는 없앱니다.

피고인 1 양말을 제대로 안 신었다고 복장 불량이라는 건 심하지 않나요?

검사(홍성현) 복장 규정 7항이 근거입니다.

변호인(박채원) 그러니까요. 바로 그게 문제입니다. 늘품중학교 학생으로서 부끄럽지 않게 복장은 늘 단정하게! 이런 규정은 아무 데나 갖다 붙여도 되잖아요.

검사(이태경) 그럼 복장을 단정하게 입지 않아야 하나요?

변호인(이예나) 그런 말이 아니잖아요? 잡는 사람 마음대로니까 그렇죠.

피고인 1 체육복 갈아입으려고 탈의실로 갈 때 잡는 건 뭔데요? 앞뒤 상황을 보고, 제 손에 들린 옷을 보면 상황을 파악할 수 있는데도, 듣는 척도 않고 잡았다니까요?

검사(이태경) 그런 식으로 속임수 쓰는 학생들 많습니다. 옷 갈아입으러 가는 중이 라고. 그래서 봐줬더니 나중에 보니 계속 복장을 위반하고 있고……. 우리가 핑계를 듣지 않고 단속을 하는 데는 다 이유가 있어요.

피고인 1 저는 진짜였어요.

검사(홍성현) 음주 운전은 1초만 해도 음주 운전입니다. 잠깐이든 오랫동안이든 위 반은 위반이죠.

변호인(이예나) 그럼 옷 갈아입는 도중에는 무조건 위반이겠네요.

검사(홍성현) 억지 부리지 마세요. 생활지도위원 가운데 아무도 옷 갈아입는 순간 에 단속한 적은 없습니다.

역시 홍성현은 달랐다. 논리력이 최고였다. 피고인 1 얼굴이 심하게 일그러졌다. 그냥 그대로 끝나는 줄 알았는데 박채원이 끝까지 의미 없는 발버둥을 쳤다.

변호인(박채원) 피고인 1 친구들이 낸 확인서를 보세요. 평소에 복장을 단정하게 입 고 다녔다고 합니다. 복장 규정을 만든 목적이 평상시에 단정하게 옷 을 입게 하려는 거잖아요. 그런 점에서 보면 피고인 1은 아주 모범을

수상한 휴대폰, 학생자치법정에 서다

보인 학생입니다. 그렇지만 벌점만 보면 피고인 1은 평상시에도 단정치 못하게 옷을 입고 다니는 학생처럼 보입니다. 이런 단속은 단속 취지에도 맞지 않습니다. 잘못된 낙인을 찍어서 나쁜 결과만 초래합니다.

검사(홍성현) 평상시에 옷을 규정에 맞게 입고 다니는지 여부는 단속할 때 아무런 의미가 없습니다. 평상시에 음주 운전 안 하고 딱 한 번 음주 운전했다고 해서 그 음주 운전이 괜찮지 않은 것과 같은 이치입니다.

검사(이태경) 그리고 친구들 확인서를 어떻게 믿습니까? 친구라면 다들 좋게 이야기해 주잖아요. 단속할 때 친구들이 옆에서 위반자를 거짓말로 옹호하는 경우는 숱하게 많습니다.

우리가 압도한 채 논쟁은 끝났다. 대단한 반박이나 증거라도 제시할 줄 알고 긴장했는데 조금 허탈했다.

진행자 더 할 말씀이 없다면 심리를 마치고, 검사와 변호인 측은 각자 어떤 처분을 원하는지 배심원들에게 말씀해 주시기 바랍니다. 먼저 검사 측 말씀해 주세요.

검사(홍성현) 원래 벌점 처분을 바꿀 어떤 이유도 없습니다. 따라서 배심원들께서는 벌점을 그대로 유지하라는 결정을 내려 주시기 바랍니다.

진행자 변호인 측 말씀해 주세요.

변호인(박채원) 부당한 벌점이었으므로 배심원들께서는 벌점을 모두 삭제하라는 결정을 내려 주시기 바랍니다.

첫 심리는 그렇게 끝났다. 배심원들이 종이에 이것저것 적바림했다. 배심원들만 봐도 결과는 보나마나였다. 피고인 1과 변호인들은 똥이라도 씹은 표정이었다. 박채원, 네가 공부는 나보다 잘하는지 몰라도 말발로는 안 돼!

2번 명찰을 건 여학생이 마이크를 들었다. 홍성현이 앞에 놓인 서류에서 2번이라 적힌 종이를 펼쳤다. 또 복장이었다. 재판에 흥미가 생겨서 피고인 1번 때와 달리 성심껏 들었다. 억울하다고는 하는데 아무리 들어봐도 억울한 점이 없었다. 교복 변형을 했고, 시기가 안 됐는데 생활복을 입었고, 상의와 하의를 맞춰 입어야 하는데 뒤섞어 입어서 단속을 당한 사실은 명확히 인정했기 때문이다. 피고인 2는 위반 사실은 다 인정하면서 그 규정이 잘못됐다고 주장했다. 그러다 보니 변론도 그 규정이 적합한지 여부를 놓고 벌이는 논쟁이 되어 버렸다. 피고인 1일 때는 가만히 있던 박성혜가 적극 나섰기에 나는 가만히 있었다. 별로 중요한 논쟁이 아니라는 생각이 들었기 때문이다. 어차피 규정은 학교가 정해서 시행한다. 내가 알기로 벌점 규정은 교장 선생님 의견이 가장 많이 반영됐다. 우리끼리 따지고 토론해도 소용없다.

논쟁은 예상과 달리 박성혜가 밀렸다. 홍성현은 여자 교복에 대해서 잘 몰랐고, 박성혜도 피고인 2처럼 평소에 교복을 마음에 안 들어 했기 때문이다. 아무래도 내가 나서야 했다.

검사(이태경)　　피고인 2, 제가 가만히 보니 교복을 아직도 변형한 채로 입고 있네요. 제 말이 맞죠?

피고인 2가 굳은 얼굴로 나를 노려봤다. 배심원들 분위기도 삽시간에 바뀌었다. 이런 반전을 만들어 내다니, 역시 내 눈썰미는 최고다. 피고인 2는 아무 대답도 못 했다.

검사(이태경)　　피고인 2, 대답해 보세요. 지금 입고 있는 교복, 변형한 거 맞죠? 교복 원상회복 지시도 받은 걸로 아는데, 이러면 지시불이행으로 벌점 10점인 것도 아시죠?

피고인 2가 바들바들 떨었다. 나로서는 억울함 때문인지 걱정 때문인지 구분하기 어려웠다.

진행자　　잠깐만요! 제가 처음부터 말씀드렸습니다. 이 자치법정 안에서 일어난 일로는 아무도 불이익을 받지 않는다고. 방금 검사는 피고인 2를 위협했으며, 이는 자치법정 취지에 정면으로 위배됩니다.

정지환이 강한 어조로 말했다. 이럴 때는 빨리 사과해야 한다. 나는 정중히 사과했다. 그렇지만 이미 분위기는 우리 쪽으로 넘어왔다. 지시불이행으로 벌점을 주지는 않겠지만, 피고인 2는 이미 배심원들로부터

신뢰가 무너졌다. 주장이 옳고 그름을 떠나서 신뢰가 무너지면 설득력
도 같이 무너지기 마련이다.

검사(이태경) 우리 학교 복장 규정이 가혹하다고 하는데, 제가 보기에는 전혀 그렇
지 않습니다. 날씨가 더워지면 학교에서 알아서 생활복을 입으라고
합니다. 반바지에 반팔 웃옷이면 편하잖아요. 요즘 날씨에 춘추복이
면 적당한데, 체육복과 생활복을 뒤섞어 입는 이유를 도저히 모르겠
습니다. 피고인 2는 계속해서 옷이 예쁘지 않다고 했는데 그건 각자
주관이죠. 모든 사람 취향에 다 맞는 예쁜 교복은 없습니다. 저만 해
도 우리 학교 교복이 괜찮다고 생각합니다. 차라리 교복을 없애자고
주장을 하면 모르겠습니다. 안 예뻐서 고쳐 입고, 뒤섞어서 입으려면
자기 마음대로 살지, 학교는 왜 다닙니까? 교복은 서로 딱 맞춰 입어
야 보기도 좋고, 규율도 잡혀 보입니다.

내 입에서 이런 말이 나오다니……. 2학년까지만 해도 툭하면 체육
복 입고, 복장을 뒤섞어서 입고 다니고, 학교에서 정해 준 날짜가 아닌
데도 생활복을 입고 다니던 나였는데 말이다. 생활지도위원이 된 지
단 두 달 만에 정반대로 바뀐 내가 나도 놀라웠다.

변호인(최재훈) 똑같은 복장, 똑같은 규율, 똑같은 생각! 그게 바로 전체주의 교육입
니다. 히틀러가 그랬고, 일본 제국주의가 그랬습니다.

도대체 저 자식은 뭐지? 교복 이야기를 하는데 히틀러에 일본 제국
주의까지 입에 올리다니……

검사(이태경)   거창한 이야기는 하지 말죠. 우리는 교복 얘기를 하는 중입니다.
변호인(최재훈) 그게 본질이니까 그렇죠. 우리나라 학교는 로봇을 만들어 냅니다. 교
              복은 우리를 로봇으로 찍어 내는 틀입니다.

저런 말에는 대꾸를 하지 않는 게 더 낫다. 괜히 반론을 폈다가 엉뚱
한 방향으로 논쟁이 넘어가기 때문이다. 나는 입을 다물었고, 홍성현
과 박성혜도 입을 다물었다. 그대로 피고인 2에 대한 재판이 끝나려는
분위기로 넘어갔다.

진행자   더 할 말씀이 없다면 심리는 이것으로 마치……
피고인 2   잠깐만요. 제가 이런 얘기는 안 하려고 했는데……. 제가 단지 교복
           이 안 예쁘다는 이유로만 변형을 하고, 뒤섞어 입는 게 아니에요.

변명이었다. 또다시 뻔한 변명이었다. 자치법정이 아니라 변명 법정
이라고 불러야 옳다는 생각이 들었다. 솔직하게 자기 잘못을 인정하기
가 그리 어려울까? 하기는 그러면 이런 자리에 나오지도 않았겠지만.

피고인 2   옷이 제 몸에 안 맞아요. 다른 사람은 잘 모르겠지만…… 살이 쪄

서……. 교복을 입으면 힘들어요. 숨쉬기도 힘들어요. 힘을 안 주면 허리가 터질 듯해요.

갑자기 방청석에서 웃음이 터졌다. 나도 웃음이 나오려는 걸 억지로 참았다. 피고인 2는 웃음이 잦아들 때까지 기다렸다가 다시 말을 이었다.

피고인 2   겉으로는 잘 안 보이겠지만…… 허리에 살이 쪄서……. 그래서 변형을 안 하면 교복을 제대로 못 입어요. 살이 쪘다고 비싼 교복을 또 살 수는 없잖아요. 제가 변형한 교복을 입고 왔다고 지적을 했는데, 어쩔 수 없었어요. 허리만 늘리면 옷 모양이 이상해지기에 잘 눈치채지 못할 만큼만 살짝 고쳤어요. 그게 그렇게 큰 잘못인가요? 이유는 또 있어요. 우리 학교 교복은 겉으로 보기에도 안 예뻐요. 그쪽 검사는 취향이라고 하지만, 옷감도 엉망이에요. 저처럼 옷감에 예민한 사람은 이런 재질은 견디기 힘들어요. 이렇게 옷감으로 인한 고통도 취향이니 군말 없이 견뎌야 하나요? 교복을 입으면 갑갑해 미치겠는데 조금 섞어서 입으면 안 되나요? 안 그래도 학교생활이 답답한데 옷이라도 좀 편하게 입고 다니면 안 되나요? 그게 그렇게 학생 본분에 어긋나는 나쁜 짓인가요?

피고인 2가 말을 끝냈지만 잠시 아무도 입을 열지 않았다. 내 마음에도 작은 파도가 일었다.

진행자　더 할 말씀이 없다면 심리를 마치고, 검사와 변호인 측은 각자 어떤 처분을 원하는지 배심원들에게 말씀해 주시기 바랍니다. 먼저 검사 측 말씀해 주세요.

검사(홍성현)　저희끼리 잠깐 의논을 해도 되겠습니까?

진행자　네, 괜찮습니다.

"너희는 어떻게 생각해?"

홍성현이 물었다.

"들어 보니 타당한 면이 있어. 위반은 위반이라서 벌점을 모두 없앨 수는 없지만 절반은 깎아 줘야 한다고 봐."

박성혜는 마음이 크게 흔들린 듯했다.

"나는 그대로."

나는 흔들리기는 했지만 벌점을 깎아 줄 이유는 없다고 봤다.

"음…… 나는…… 벌점은 그대로. 다만 복장 규정은 손 봐야 한다는 쪽. 그럼 내 생각대로 가도 될까?"

박성혜와 나는 동의했다.

검사(홍성현)　피고인 2 말씀은 나름 설득력이 있습니다. 그렇지만 현재 학교 규정을 위반한 점은 틀림없기에 벌점 처분을 바꿀 이유는 없습니다. 따라서 배심원들께서는 벌점을 그대로 유지하라는 결정을 내려 주시기 바랍니다. 다만 현행 복장 규정에 어느 정도 문제가 있다는 지적에는 동의합니다. 또한 교복 디자인이 안 예쁘고, 옷감 재질이 문제라는 점도 나름 타당한 지적이라고 생각합니다. 따라서 이를 개선할 방향을 모색해야 한다는 데 동의합니다.

진행자   변호인 측 말씀해 주세요.

변호인(박채원)   검사 측에서도 인정하듯이 복장 규정에 문제가 있고, 교복 디자인과 재질에도 문제가 있으므로 벌점은 부당합니다. 따라서 배심원들께서는 벌점을 모두 삭제하라는 결정을 내려 주시기 바랍니다.

피고인 1, 피고인 2가 들어가고 3번 명찰을 단 피고인이 들어왔는데 얼굴을 확인하자 나는 매우 곤혹스러워졌다. 어릴 때부터 친하게 지낸 윤다은이었는데, 다은이는 우현이와 더불어 나와 가장 오랫동안 알고 지내는 절친이다. 다은이는 초등학교 저학년부터 화장을 했다. 공부도 꽤 잘하는 애가 화장을 왜 그리 좋아하는지 모르겠지만, 화장을 하지 않으면 아예 만나지 않으려고 하고, 민낯으로는 학교도 가지 않았다. 화장을 하지 않고 만날 때에는 반드시 마스크에 모자까지 쓰고 나타난다. 그래서 초등학교 3학년 이후로 다은이 맨얼굴을 본적이 없다.

다은이는 작년까지만 해도 마음대로 화장을 하고 다녔다. 조금 심하다 싶을 만큼 진하게 화장을 하면 선생님들이 지적을 했는데, 그럴 때만 살짝 지우는 척하고는 선생님 눈에서 벗어나면 다시 진하게 얼굴을 꾸몄다. 이렇게 화장이 취미요 기쁨인 다은이에게 색조화장 금지령은 청천벽력이었다.

다은이는 선생님과 생활지도위원들에게 여러 번 걸렸다. 걸릴 때마다 색조화장이 아니라 기초화장만 했다고 대들었다. 생활지도위원실에 끌려와서 화장이 통째로 지워지는 굴욕을 당하기도 했는데, 그때 나는 다은이 맨얼굴을 보기 싫어서 얼른 피해 버렸다. 만약 내가 맨얼굴을 봤다면 다은이 성질에 한동안 나를 안 보려고 했을지도 모른다. 다은이는 나만 보면 화장 이야기를 했다. 선생님과 학교에는 못 한 불만과 비난을 나에게 수없이 쏟아 냈다. 생활지도위원이라는 죄 만으로 아무 대꾸도 못 하고 오랜 친구에게 욕이란 욕은 다 먹어야 했다.

나는 처지가 처지인지라 왼손으로 얼굴을 반쯤 가린 채 아무 말도 않고 다은이가 쏟아 내는 원망과 분노를 묵묵히 들었다. 홍성현은 제법 차분하게 반박했고, 박성혜는 여학생임에도 학교 규정이 타당하고, 단속은 적절했다는 점을 강조했다. 검사와 변호인을 하는 3학년들은 내가 다은이와 얼마나 친한지 알기에 내가 말을 안 해도 눈치를 주지는 않았다.

논쟁은 벌점이 적절했느냐 여부에서 기초화장은 허락하고 색조화장을 금지하는 규정이 타당한지 여부로 옮겨갔다.

변호인(이예나) 화장 규정은 매우 부적절합니다. 기초화장은 허용해 주고, 색조화장은 금지하는 규정은 아무리 봐도 타당하지 않습니다. 홍성현 검사는 계속해서 학생으로서 지킬 선을 지켜야 하고 절제해야 한다고 하는데, 기초화장은 학생 본분에 어긋나지 않고 색조화장은 학생 본분에 어긋난다는 근거가 뭔지 납득이 안 됩니다. 규정에서는 기초화장과 색조화장을 구분하지만 칼로 두부 자르듯이 기초화장과 색조화장이 확연히 구분되지는 않습니다. 두 화장은 연속선상에 있습니다. 기초화장은 색조화장을 위한 주춧돌이기에 기초만 하고 색조를 안 하면 이상한 화장이 됩니다. 색조화장을 못 하게 하니 여학생들이 미백 썬크림만 잔뜩 바르고 다녀서 얼굴만 하얗게 동동 떠다닙니다. 좀비 아니냐고 놀리는 남학생들도 있습니다. 기초화장을 허용했으면 심하게 화려한 색조화장을 빼고는 웬만한 색조화장은 허용해 주어야 한다고 봅니다.

변호인(박채원) 중·고등학생 때는 화장을 못 하게 하다가, 대학생이 되면 화장을 안 하는 사람을 이상하게 봅니다. 또 요즘 남학생들은 여학생들이 화장 안 하는 맨얼굴로 다니면 무슨 자신감으로 그러고 다니느냐고 놀리기도 합니다. 이런 상황에서 색조화장 금지는 시대에 뒤떨어진 규정입니다. 화장은 우리 사회에서도, 청소년 사이에서도 이미 널리 퍼진 문화입니다.

변호인(최재훈) 외모를 꾸밀 자유는 자기 본인에게 있습니다. 자기 얼굴을 마음대로 꾸밀 자유를 빼앗으면 그게 무슨 민주주의 국가입니까?

피고인 3 제 말이 그 말이에요.

색조화장 지지파가 워낙 강력했기에 홍성현과 박성혜가 밀리는 기색이 역력했다. 나름 반박할 논리는 있었지만 다은이를 봐서 나는 아무 말도 하지 않았다. 10년 우정이 깨질 위험을 감수하며 반박하고 싶지는 않았다. 그런데 그때 예상치 못하게 박성혜가 매우 강력하게 반박을 하고 나섰다.

검사(박성혜)   저는 초5 때 처음 화장에 맛을 들였습니다. 초6 때는 피고인 3처럼 맨얼굴로는 밖에 나가지 않으려 했고, 화장이 지워질까 봐 체육을 아주 싫어했습니다. 그런데 화장을 하면서 엄마와 다툼이 끊이지 않았습니다. 저는 비싼 화장품을 이것저것 많이 사고 싶은데 엄마는 사주지 않았습니다. 운 좋게 비싼 화장품이 생기면 학교에 와서 애들에게 자랑하기도 했습니다. 화장하느라 아침에 긴 시간을 허비한다거나, 숙제할 시간에 거울만 쳐다본다면서 구박도 많이 당했습니다. 유튜브에서 화장법 영상을 찾아보느라 늦은 밤까지 잠을 안 잔 적도 많았습니다. 또한 화장을 하면 할수록 제 맨얼굴에 대한 자신감이 떨어졌습니다. 그 전까지는 아무렇지 않았는데 맨얼굴을 보면 내가 왜 그렇게 못생겼는지 스스로 책망하며 나중에 꼭 성형수술을 해야겠다고 결심하기도 했습니다.

나는 얼굴을 가린 왼손을 치운 채 박성혜 이야기에 빠져들었다.

검사(박성혜)   중1이 되면서 제 화장품 욕심은 더욱 커졌고, 화장 관련 영상을 밤늦게까지 본다는 걸 엄마가 알게 되면서 갈등이 점점 심해졌습니다. 그러다 엄마와 크게 다투었고, 화가 머리끝까지 난 엄마는 화장금지령을 내렸습니다. 화장뿐 아니라 영상을 보다가 걸리면 용돈도 다 끊고, 다른 원하는 건 아무것도 들어주지 않을 거라고 협박도 했습니다. 처음에는 울고불고 매달리기도 하고, 몇 날 며칠을 대들기도 했지만 워낙 엄마 결심이 확고해서 어쩔 수 없이 화장을 포기해야 했습니다. 처음에는 무척 힘들었는데 시간이 가면서 좋은 점이 많다는 걸 깨달았습니다. 일단 잠자는 시간이 늘었고, 숙제나 공부에 집중하는 시간도 늘었습니다. 그때는 몰랐는데 비싼 화장품을 자랑할 때 가정 형편으로 비싼 화장품을 장만하지 못해 부러워하며 속상해하는 친구들이 있다는 사실도 알게 됐습니다. 무엇보다 화장을 안 하면서 제 타고난 얼굴을 좋아하게 됐습니다. 예쁜 얼굴은 아니지만 화장을 하지 않아도 당당한 제 자신이 저는 좋습니다.

커다란 대강당에 숨소리밖에 들리지 않았다.

검사(박성혜) 학교 규정은 기초화장은 허용하고 색조화장을 금지한 게 아닙니다. 학교 규정은 학생들 처지와 욕구를 인정해서 기초화장을 허용해 준 것입니다. 저는 학교가 교육을 포기해서는 안 된다고 봅니다. 교육은 교과목 공부만 있는 게 아닙니다. 타고난 자기 자신을 사랑하고, 불평등에 관심을 기울이고, 자기 본분에 충실한 삶을 살도록 이끌어 주는 것도 학교가 가르쳐야 할 중요한 교육이라고 생각합니다.

박성혜가 말을 마쳤지만 아무도 반론을 제기하지 않았다. 다은이조차 입을 꾹 다문 채 가만히 있었다. 침묵이 길어지자 정지환은 논쟁을 끝냈다. 변호인은 규정 개정과 모든 벌점 감면을 원한다고 했고, 박성혜는 규정 유지와 벌점 유지를 주장했다.

다은이는 자기 차례가 끝나자 빠른 걸음으로 사라져 버렸다. 다은이 뒷모습을 보며 기분이 착잡해졌다. 지금 무슨 생각을 할까? 왜 박성혜 말이 끝난 뒤에 아무런 대꾸를 안 했을까? 궁금한 점이 많았지만 나중에라도 물어볼 생각은 없었다. 다은이와는 웬만하면 화장 이야기는 안 하기로 굳게 결심했으니까.

넷째, 다섯째 피고인을 보고는 웃지 않을 수가 없었다. 넷째 피고인과 다섯째 피고인은 나란히 나왔다. 넷째 피고인은 임나은이었고, 다섯째 피고인은 이수혁이었다. 둘 다 내가 아는 애들인데 서로 사귄다. 임나은은 박채원, 이예나와 어울려 다니는 친구이기도 하다. 아무튼 둘이 나란히 나오는 거야 조금 황당하기는 하지만 웃을 일은 아니었다. 문제는 둘이 손을 꼭 잡고 나왔다는 데 있다. 둘은 손을 꼭 잡고 나와서는 맨 앞줄에 앉은 선생님들 앞에 섰다. 시위였다.

'이거 보세요! 우리 사귀어요. 우리는 손을 잡았어요. 규정 위반으로 잡을 테면 잡아 보세요'

둘 사이가 어떤지 아는 애들은 웃고 난리가 났고, 영문을 모르던 관객들도 대충 사연을 알아차리고 박수를 치며 좋아했다. 화장 이야기로 심각하던 분위기는 삽시간에 웃음바다가 되었다. 최미경, 송윤정, 이명재 선생님은 애들을 따라 웃었다. 그러나 김영권 선생님은 아무런 표정 변화가 없었고, 학생주임 선생님은 살짝 이맛살을 찌푸렸다.

임나은과 이수혁은 손을 꼭 잡고 의자에 나란히 앉았다. 그러고는 이렇게 말했다.

"사랑은 죄가 아닙니다."

헐! 무슨 연극 대사인 줄 알았다. 또다시 대강당이 웃음바다가 되었다. 나는 이수혁을 조금은 안다. 성실하고 착하지만 수줍음이 많아서 남 앞에 나서지 않는 편이다. 그런 녀석이 여자친구와 손을 잡고 이 많은 관객과 선생님들 앞에 떡 하니 나서는 것도 모자라, 사랑은 죄가 아니라고 손가락 오그라드는 말을 하다니……. 역시 사랑에 눈이 멀면 물불을 가리지 않나 보다.

이수혁과 임나은은 시종일관 당당하게 사랑할 권리를 외쳤다. 도대체 손잡고 다니는 게 왜 불건전한 이성교제냐면서 따졌다. 말 한마디 할 때마다 웃음이 터져서 재판이 제대로 진행되지 않을 정도였다. 우리도 웃음이 터져서 딱히 반론을 제기하지 않았고, 벌점 감점에도 동의했다. 그러나 사귀는 사이끼리 하는 애정표현을 어느 수준까지 학교에서 허용할지를 두고는 의견이 엇갈렸다. 의견은 갈렸지만 사랑이 죄가 아니라는 점은 다들 동의했다.

수상한 휴대폰, 학생자치법정에 서다

2
휴대폰은 죄가 없다

: 박채원 :

1차 자치법정은 내 예상과는 완전히 다른 방향으로 흘러가고 말았다. 공방이 길어지면서 겨우 다섯 명밖에 못 했다. 몇 마디만 하면 가볍게 검사 쪽 논리를 제압할 줄 알았는데 만만치 않았다. 이태경이야 억지에다 되지도 않는 공격을 하는 걸 너무 잘 알기에 염두에 두지 않았고, 홍성현은 어느 정도 예상을 했지만, 박성혜는 아주 의외였다. 특히 화장 논쟁에서 박성혜가 펼쳤던 논리는 화장 지지자인 나조차 흔들릴 정도였다. 나은이는 좋은 결과를 얻을 수 있어 보였지만 나머지는 그렇지 않았다. 배심원들은 자치법정이 끝나고 따로 의논을 하고 의견을 낸 뒤 밀봉했다. 결과는 자치법정 마지막 날에 한꺼번에 공개하기로 했다. 아직 확인하지는 못했지만 이러다가 자치법정을 시행한 목적을 이루지 못하는 결과가 쏟아져 나올지도 모른다는 걱정이 들었다. 그래서 2차 자치법정은 철저히 준비했다. 승리를 위한 비밀병기도 준비했다.

2차 법정은 일주일 뒤, 같은 장소 같은 시간에 열렸다. 방청객은 1차 때보다 50여 명쯤 늘었고, 선생님은 두 분이 더 오셨다. 2차 자치법정 첫 주제는 비교적 가벼운 문제를 다루었다. 피고인 6은 '과자 예찬론자'였다. 과자를 왜 먹는지, 과자가 자기 삶에 어떤 의미가 있는지 장황하게 늘어놓다가 제지까지 받았다. 피고인 6은 수업 중 음식물 섭취 금지는 충분히 이해하지만, 쉬는 시간까지 단속하면 안 된다고 주장했다. 더구나 쉬는 시간 섭취 금지는 규정에 나와 있지도 않은데 단속했다면서 벌점을 모두 없애 달라고 요구했다.

검사(홍성현) 　배고픔은 이해합니다. 그렇지만 과자는 몸에 좋지 않습니다. 학교는 올바른 식습관 형성을 가르치고 지도할 의무가 있습니다. 우리 학교 급식은 어느 학교보다 맛있고, 더 달라고 하면 충분히 주기 때문에 영양소나 칼로리가 부족하지도 않습니다. 자꾸 허기가 진다고 하는데 그건 성장기여서가 아니라 비만이거나, 위장에 문제가 있기 때문입니다.

검사(이태경) 　또한 과자를 먹다 보면 흘려서 지저분해지기도 하고, 먹다 남은 과자 때문에 벌레가 생기기도 합니다. 그래서 수업뿐 아니라 쉬는 시간에도 과자 섭취는 금지하는 게 타당합니다.

피고인 6 　저는 과자를 깨끗이 먹습니다. 그 아까운 걸 왜 흘립니까? 부스러기

하나도 아까운데요.

검사(홍성현) 피고인이 흘리느냐, 안 흘리느냐 하는 문제가 아니잖아요.

피고인 6 전 안 흘린다니까요.

검사(홍성현) 생각해 보세요. 만약 과자 섭취를 완전히 허용해 주면 어떻겠어요?

피고인 6 배고플 일이 없고 좋죠.

검사(홍성현) 흘리는 애들이 없겠어요, 있겠어요?

피고인 6 아, 참 답답하네. 전 안 흘린다니까요.

관객 몇 명이 웃는 소리가 들렸다.

검사(홍성현) 다른 사람들은 흘리니 그렇죠. 모두에게 과자 섭취를 허용하면 지저
분해지고, 벌레가 생길 확률이 높아집니다. 그럼 위생에 문제가 생기
고, 학생 전체 건강이 위협을 받습니다. 전체 공중위생을 위해서라도
과자 섭취는 안 됩니다.

피고인 6 아, 그럼 매점을 만들어 주면 되잖아요.

검사(이태경) 매점을 만들면 급식에 영향을 받습니다. 과자나 인스턴트를 먹으면
당연히 급식을 덜 먹고, 건강도 나빠집니다. 학교가 그런 걸 용납하
면 안 되죠.

그대로 내버려두었다가는 엉망이 될 듯했다.

변호인(박채원) 잠깐! 잠깐만요. 이 사건에서 쟁점은 과자가 몸에 좋냐, 안 좋냐가 아닙니다. 문제는 규정에 없는 사항으로 선생님이 임의로 벌점을 주었다는 점입니다.

변호인(최재훈) '죄형법정주의'에 어긋납니다. 죄형법정주의란, '죄는 법에 명문화되어 있어야 한다'는 뜻입니다. 피고인 6이 쓴 진술서를 보면 단속한 선생님은 1-6항과 운영규정 1항을 근거로 들었다고 합니다. 그런데 교육환경을 더럽히는 행위는 실제로 그 행위가 벌어지지 않는 한 처벌할 수 없습니다. 피고인 6이 밝혔듯이 피고인 6은 과자 부스러기도 흘리지 않을 만큼 과자를 깨끗하게 먹었습니다. 남은 쓰레기도 깔끔하게 처리했습니다.

검사(이태경) 부스러기가 떨어졌는지 안 떨어졌는지는 어떻게 확신합니까? 그건 모르는 거죠.

변호인(박채원) 그 정도로 1-6항을 적용하려면 지우개 가루를 떨어뜨린 학생들도 모조리 잡아야 할 겁니다.

변호인(최재훈) '교사가 판단하기에 학생으로서 부적절한 행위'라고 명시한 운영규정 1항은 선생님이 마음대로 단속하는 근거로 쓰면 안 됩니다. 그러면 선생님 마음에 안 드는 행위는 모조리 벌점 대상이 됩니다. 그런 법 조항은 죄형법정주의라는 현대 형법 원리에 부합하지 않으며, 독재 국가 사법체계에서나 허용되는 방식입니다. 무엇보다 수업 시간에 음식물 섭취를 금지한다는 2-4 조항이 있음을 상기해야 합니다. 2-4항에서 음식물 섭취 처벌 조건을 수업 시간으로 분명하게 명시했기에, 그 외 시간에 음식물을 섭취하는 행위는 처벌하지 않는 게 타당하다고 생각합니다.

최재훈은 지난번 자치법정에서 지나치게 원론만 이야기하고 세밀함이 떨어졌다. 관점은 좋은데 상대 논리를 파고드는 능력이 모자랐다. 그래서 일부러 자료 준비를 꼼꼼하게 시켰는데, 제법 잘했다. 자치법정도 법정이므로 일부러 어려운 법률 용어도 쓰자고 했는데, 최재훈은 적절한 순간에 이를 활용했다. 최재훈은 지난번 자치법정에서 녹음한 자료를 모조리 글로 옮길 만큼 성실했다. 일주일 만에 크게 성장한 최재훈은 인권부 차장으로서 자격이 있었다.

과자 재판 심리는 금방 끝났다. 검사 측에서도 세게 대응하지 않았다. 검사 측도 과자가 아니라 이어지는 재판 심리가 본 경기임을 알아차린 듯했다. 우리가 들고 나온 문제는 화장과 더불어 가장 관심이 큰 문제였다. 자치법정에서 다루지 않더라도 이미 교내에서 이러저러한 말썽과 논란이 벌어지고 있었다. 자치법정을 준비하며 꼭 다뤄야 할 문제라고 판단했고, 벌점을 깎느냐 마느냐보다는 규정 변경에 더 초점을 맞췄다. 재판을 준비하며 가장 억울하면서도, 주장을 잘할 만한 피고인을 선택했다.

피고인 7이 입장하고 우리가 먼저 이야기를 꺼냈다.

변호인(이예나) 다 알겠지만 현재 휴대전화는 수업 전에 보관함으로 제출하고, 수업이 끝나면 다시 돌려주는 식으로 관리합니다. 작년까지만 해도 조회 때 휴대전화를 내고, 종례 때 휴대전화를 돌려받았습니다. 올해부터 쉬는 시간에는 사용하게 해 준 점은 학생들 권리 보호 측면에서 크게 나아졌다고 생각합니다. 이처럼 개선된 점도 있지만 실제 운영 과정에서 각종 문제가 발생하고 있습니다. 일단 쉬는 시간마다 내고 돌려받기를 거듭하다 보니 쉬는 시간이 무척 혼란스럽습니다. 선생님들도 처음에는 꼼꼼하게 관리했지만 요즘엔 어떨 때는 하고, 어떨 때는 안 하고, 선생님마다 차이가 많아서 충실하게 맡기는 학생과 그렇지 않은 학생으로 나뉩니다. 허위 제출을 금지하고 처벌도 강력하게 하지만 그 규정도 실효성이 없습니다. 실제 쓰는 휴대전화인지 아닌지 선생님들이 확인하기는 거의 불가능합니다. 벌점 외에 1주일 교내 사용금지라는 벌칙도 유명무실합니다. 학생이 선생님을 속이고 몰래 쓰면 잡아낼 방법이 없습니다. 제출하고 받고를 거듭하다 보니 휴대전화 설정을 엉뚱하게 해서 수업 중에 소리가 나기도 합니다. 일부러 안 낸 학생임에도 걸렸을 때 깜박했다면서 거짓말을 하면 선생님들이 차마 벌점을 주지 못하기도 합니다. 그 반대 상황도 빈번합니다. 깜박하고 못 냈는데 선생님이 오해해서 가혹하게 벌점을 주기도 합니다. 지금 나온 피고인 7은 바로 그런 사례에 해당합니다.

피고인 7은 차분하게 자기 경험을 풀어놓았다. 깜박 잊고 휴대전화를 안 냈다가 진동이 울렸고, 선생님께 혼이 난 경험담이었다. 선생님에게 사정을 말했다가 선생님을 속이고, 변명만 늘어놓는 못된 학생 취급을 받았다는 대목에서는 억울하다고 하소연했다.

피고인 7   저는 휴대전화 미제출과 수업 방해에 따른 벌점은 기꺼이 수용합니다. 어쨌든 제가 실수했으니까요. 그렇지만 선생님을 속였다고 해서 추가로 받은 벌점은 부당하다고 생각합니다.

피고인 7은 물을 마시고는 잠시 배심원 및 검사들과 눈을 마주쳤다. 신뢰감을 주는 행동이었다.

피고인 7   휴대전화 사용 규정은 반드시 바꿔야 합니다. 어차피 방과후에는 자유롭게 휴대전화를 씁니다. 휴대전화는 우리 생활과 뗄 수 없는 기기입니다. 우리는 휴대전화를 사용하는 올바른 방법을 익혀야 합니다. 무절제하게 사용하지 않는 절제력을 길러야 합니다. 그러기 위해서는 찔끔 풀어 주고, 규정을 어기면 처벌하는 방식이 아니라 아예 자유롭게 쓰게 하고 자율로 통제하고, 결과에 책임지는 자세를 배울 기회를 주어야 한다고 봅니다. 지금처럼 쉬는 시간마다 돌려받는 방식은 폐지하고 알아서 쓰도록 맡겨야 합니다. 그래서 스스로 절제하는 힘을 기르도록 두어야 합니다. 만약 수업 시간에 몰래 쓸 경우 그에 따른 처벌은 위반 횟수에 따라 강도를 높여 가면 됩니다. 처벌도 선생님들이 강제하기보다 학생들이 스스로 정하는 게 좋다고 봅니다.

자율로 정해진 규율이면 학생들끼리 서로서로 지키도록 독려하기 때문에 위반도 줄어들 것입니다. 지금처럼 유명무실한 제도를 유지하기보다는 자율에 따른 통제 방식이 훨씬 좋은 대안이라고 생각합니다.

더할 나위 없이 뛰어났다. 재판 심리를 더 할 필요도 없고, 휴대전화 사용 문제로 논쟁을 더 펼칠 이유도 없는 완벽한 논리였다. 심사숙고하며 피고인 7을 선발하고, 철저히 준비하게 한 보람이 있었다.

우리 변호인들은 별다른 논쟁 없이 그대로 끝날 거라고 생각했다. 어차피 생활지도위원들은 휴대전화 사용을 단속하지 않는다. 수업 시간에 선생님들만 단속한다. 다른 사례는 자신들이 단속을 했기에 강하게 반박했지만, 그들도 휴대전화 사용에서는 다른 학생들과 이해관계가 같기 때문에 반론할 이유가 없다고 믿었다. 다들 휴대전화를 쓰지 않더라도 몸에서 떼지 않으려 한다. 청소년에게 휴대전화는 새로운 신체기관이나 다름없다. 수업 시간이라 해도 신체기관을 떼어서 멀리 두고 싶은 사람은 없다. (토끼도 간은 배 밖으로 내놓지 않았다. ^^)

나는 흐뭇한 웃음을 머금고 재판 심리가 그대로 끝나기를 기다렸다.

검사(홍성현) 변호인과 피고인 7 말씀은 잘 들었습니다. 휴대전화 사용과 관련해 저희 검사 측이 반론을 펴도 되지만, 이 문제와 관련해 확고한 주장을 하는 급우가 있어서 증인으로 신청하고자 합니다. 진행자님, 그래도 되겠습니까?

정지환은 흔쾌히 수락했다.

'도대체 누구지?'

이명재 선생님 뒤에서 학생 한 명이 일어나더니 무대로 걸어 나왔다.

'설마?'

내가 정리했던 사례 8번이 떠올랐다. 그래도 긴가민가했는데, 간단한 자기소개를 듣자 확실해졌다. 사례 8번을 써서 냈던 바로 그 학생이었다.

증인 1   이제부터 제가 하려는 주장은 어쩌면 많은 학생들에게 비난을 받을지도 모르겠습니다. 학교에서 휴대전화 사용을 아예 금지하고, 위반하면 일주일 이상 압수를 비롯한 강력한 처벌을 해야 한다고 주장할 거거든요.

증인 1이 그 말을 하자마자 증인 1이 한 예언은 그대로 들어맞았다. 방청석에서 한바탕 소란이 일었다. 그래도 증인 1은 여유를 잃지 않았다.

증인 1   예상은 벗어나지 않네요. 욕먹을 각오를 하고 나왔습니다. 지금 늘품중학교 휴대전화 사용 규정은 학생들 권리를 최대한 보장한 것이라고 생각합니다. 안타깝게도 우리는 권리는 받았지만, 그 권리를 책임 있게 누리지 못하고 있습니다. 솔직하게 고백합시다. 우리는 책임질 만한 의식과 절제력이 부족합니다.

증인 1은 글에서 밝힌 내용을 더 깔끔하게 정리해서 말했다. 휴대전화 사용을 금지해야 할 뿐 아니라, 어기면 압수를 비롯해 강력한 처벌을 해야 한다고 주장했다. 마치 김영권 선생님이 학생으로 변신해서 주장을 펼치는 듯했다. 논리는 탄탄했고, 근거는 꼼꼼했으며, 주장은 뚜렷했다. 앞자리에 앉은 김영권 선생님을 살폈다. 늘 똑같았다. 자세도 표정도 한결같았다. 어떤 생각을 하는지, 무엇을 느끼는지 감을 잡기 어려웠다.

진행자   피고인 7이 받은 벌점에 관한 논쟁은 하지 않아도 괜찮을까요? 좋습니다. 그럼 피고인 7과 증인 1이 낸 주장을 두고 이야기를 나눠 보죠. 정반대 주장인데요, 어느 쪽부터 하시겠습니까? 네, 변호인 측 먼저 말씀해 주세요.

변호인(이예나)   휴대전화는 살아가는 데 필수품이고, 휴대전화 사용은 우리가 누려야 할 자유로운 권리입니다. 또한 지금 규정은 유명무실해졌으므로, 전면 허용으로 나아가야 한다고 봅니다. 이제까지 우리는 너무 타율에 길들여져 지냈습니다. 타율로만 살다 보면 스스로 절제하며 살아갈 힘을 기르지 못합니다. 그러니 학생 때 충분히 자율로 규제하고, 질서를 만들고, 절제하며 사용하는 기회를 주어야 한다고 봅니다.

검사(박성혜)   유명무실하다고 해서 다 허용해야 한다는 논리가 성립하나요? 효과가 없으면 효과가 있는 방향으로 가는 게 맞지 않을까요? 학교에서 쉬는 시간에 잠깐 안 쓴다고 큰일나지 않습니다. 쉬는 시간에 인터넷

연결 못 하고, 노래 못 듣고, 사진 못 찍는다고 자유가 침해되지는 않습니다. 급한 일이 생기면 선생님께서 연락하도록 해 줍니다. 도대체 무슨 자유가 침해된다는 건지 모르겠습니다. 휴대전화 사용을 자율로 규제한다고 했는데, 솔직히 학생들끼리 규제하면 다들 쓰려고만 하지 누가 쓰지 못하도록 감시하겠어요? 감시했다가는 고자질쟁이로 찍히거나, 학생들끼리 갈등만 생길 겁니다. 결국 수업시간마다 몰래 쓰는 학생들을 단속하느라 선생님만 바빠지겠죠.

변호인(이예나) 언제까지 타율에 짓눌려 살아야 하죠? 학생들 스스로 규제하고 규칙을 지켜 나갈 힘을 길러야죠. 물론 시행착오는 있겠지만 그렇게 해야 합니다. 그래야 민주주의도 법치주의도 배우죠.

검사(박성혜) 그러면 아예 술, 담배도 다 허용해 줘야 하나요? 성인이 되면 술, 담배 허용해 줍니다. 스스로 통제하면서 할 사람은 하고, 안 할 사람은 안 해요. 그렇다고 청소년기에 자율로 하라고 맡겨 두지는 않습니다. 못 하게 막습니다. 벌점도 학교폭력 다음으로 가장 강합니다. 절제할 힘을 기를 때까지, 준비될 때까지 못 하게 하는 겁니다. 그게 바로 청소년 보호입니다. 자율이라고 무조건 좋지는 않습니다. 때로는 보호도 필요하고, 절제력을 기를 때까지 통제도 필요합니다.

변호인(이예나) 술, 담배는 몸에 나쁘지만 휴대전화는 그렇지 않습니다.

검사(박성혜) 휴대전화 중독이 술, 담배만큼 나쁘지 않다고 어떻게 확신하죠?

변호인(이예나) 우리가 다 휴대전화에 중독되지는 않았습니다.

검사(박성혜) 갈수록 중독이 늘고 있죠. 쓰지도 않으면서 몸에서 떨어지면 불안해

하고, 짜증내잖아요. 안 그런가요? 그건 적어도 중독 초기 증상이라고 볼 만하지 않나요?

변호인(이예나) 어차피 수업 시간에 쓰자는 주장은 아니에요. 단지 내고 받고 하는 번거로움을 없애고, 벌칙도 학생 자율로 정하자는 것뿐이죠.

검사(박성혜) 그게 효과가 없고, 부작용이 많으니 그렇죠. 그리고 절제는 강제로 가르칠 필요가 있다고 봅니다. 자유를 준다고 저절로 절제를 배우지는 않습니다.

변호인(이예나) 처벌을 강화해서 일주일 이상 압수하자고 하는데, 이건 기본권 침해입니다. 학생 물건을 함부로 압수하는 건 인권 침해입니다.

검사(박성혜) 그런 식이면 수업시간에 몰래 휴대전화를 사용하는 건 교권 침해죠. 친구들 학습권 침해고. 다른 사람 자유를 침해한 사람, 다른 사람 권리를 침해하는 사람은 처벌하잖아요. 그게 민주주의고 법치주의잖아요. 규정을 어기고 몰래 사용하면 당연히 자기 권리를 제한당해야 한다고 봅니다.

다른 사람이 끼어들 틈이 없었다. 논리는 팽팽했고, 어느 한쪽도 밀리지 않았다. 입이 바짝 말랐다. 어느 쪽이 맞는지 쉽게 마음을 정하지 못했다. 변호인으로서 역할에 충실하려고 했지만, 생각이 뒤죽박죽이라 말이 나오지 않았다.

그때, 이태경이 손을 들었다.

"저, 진행자 님! 꼭 양쪽 의견 가운데 하나를 선택해야 하나요?"

"아뇨! 뭐, 다른 의견이 있으면 말씀하셔도 됩니다."

"제 생각에는 학교에 무선인터넷 차단장치를 설치하면 안 될까요?"

"네? 그게 무슨……."

정지환이 당황했다.

"차단장치를 설치해서 수업 시간에는 인터넷 접속이 불가능하게 하면 휴대전화는 무용지물이 되니 그냥 쉽게 해결되잖아요. 뭐 어렵게 자율이니 타율이니 논쟁할 필요도 없고."

이태경은 아주 의기양양하게 말했다.

끄덕거리는 관객도 많았다. 바보 같았다.

"그렇게 다 끊어 버리면, 선생님들 휴대전화도 다 끊어지잖아요."

내가 구박을 해 주었다.

"아! 그러네. 쩝!"

그러고는 이태경이 투덜거렸다.

"여기는 학생자치법정이고, 제가 보기에 휴대폰은 죄가 없는데, 지금 논쟁을 보면 마치 휴대폰이 벌점을 10점쯤 받을 잘못이라도 저지른 듯하네요."

관객들이 키득거렸다.

나는 더 토론하는 모습을 지켜보고 싶었지만 정지환은 이태경 의견을 받아들였다. 휴대전화 문제는 나중에 별도로 더 이야기를 나눠 보자고 미루었고, 배심원들은 벌점 처리와 규정 개정에 대한 의견을 각자 적어서 봉투에 넣었다.

드디어 2차 자치법정 마지막 피고인이 등장했다. 우리가 준비한 비밀병기였다. 피고인 8은 당당하게 나오면서 이태경에게 잠시도 시선을 떼지 않았다. 이태경은 그런 피고인 8을 담담히 바라보았다. 당황할 줄 알았는데 조금도 표정 변화가 없었다. 나는 이태경과 관계를 고려해서 인권부 차장이 심리를 주도하도록 맡겼다.

변호인(최재훈) 여기 피고인 8은…….

피고인 8 제 이름은 정나혜입니다. 이름으로 불러 주세요. 어차피 이태경 선배님은 제 이름을 잘 아시죠?

변호인(최재훈) 그래도 여기는 법정인데…….

진행자 본인이 원하면 해 주세요.

변호인(최재훈) 그럼 정나혜 학생이라고 부르겠습니다. 정나혜 학생은 17점이나 되는 벌점을 단속 1회에 받았습니다. 그 전에 벌점 4점이 있었는데 한꺼번에 17점을 받는 바람에 부모님이 학교로 나오셔야 했고, 부모님과 큰 갈등을 겪기도 했습니다. 배심원 여러분, 관객 여러분! 한꺼번에 벌점 17점이라니, 그게 말이 됩니까? 학교폭력도 아니고 술, 담배를 한 것도 아닙니다. 그저 사소한 위반으로 한꺼번에 17점을 받은 겁니다. 사연을 들어 보시죠.

정나혜 저뿐 아니라 다들 생활지도위원이 뜨면 특별히 걸릴 만한 게 없어도 피합니다. 화장이 염려되거나, 복장이 걱정되면 아예 도망치기도 하죠. 저도 마찬가지였습니다. 제가 도망을 쳤는데, 막 뒤따라 왔습니다. 뭐 제가 장난기가 좀 있어서 장난치듯 도망친 인상을 줬을지도 모르지만, 저는 다른 학생들처럼 피했을 뿐입니다. 일단 피하다 보니 멈출 수 없었고, 하는 수 없이 운동장까지 도망을 쳤다가 잡혔습니다. 생활지도위원이 제 이름을 물어봤는데 놀라기도 하고, 이렇게까지 쫓아와서 잡는 생활지도위원에게 화도 나서 이름을 대지 않았습니다. 그랬더니 복장불량 2점, 색조화장 2점, 도망치느라 운동장으로 갔는데 운동장에서 실내화 착용했다고 2점, 생활지도에 불응하며 도망치고 놀렸다고 5점, 신상정보를 즉각 제공하지 않았다고 3점, 이렇게 한꺼번에 14점을 받았습니다. 그 정도 되면 누구라도 화가 나지 않을까요? 그래서 조금 투덜거렸다니 욕설을 했다고 3점, 그래서 17점이 되었습니다. 도대체 이런 식으로 벌점을 주는 학교가 어디 있는지 모르겠습니다. 벌점을 받고 하도 어이가 없어서 억울하지도 않고, 그저 허탈하기만 했습니다.

변호인(최재훈) 혹시 그 단속을 했던 생활지도위원이 여기 있습니까?

정나혜 네. 있습니다.

변호인(최재훈) 누굽니까?

정나혜 지금 자치법정 검사 측 자리에 앉아 있는 이태경 선배입니다.

모든 시선이 일제히 이태경에게 쏠렸다. 같은 자연과학부였고, 나름 나를 도와준 적도 있는데 너무 세게 친 듯해서 조금 미안했다. 그렇지만 어쩔 수 없었다. 학생생활지도가 얼마나 부당하게 이루어지는지 드러내려면 이보다 더 좋은 사례는 없다고 판단했기 때문이다. 아무리 잘못을 했더라도 술, 담배나 기물파손, 선생님에게 대드는 것과 같은 큰 잘못을 저지르지도 않았는데, 작은 트집을 잡아서 한꺼번에 17점을 주는 단속은 누가 봐도 비정상이었다. 우리 학교에서 펼쳐지는 생활지도는 적정한 선을 넘어서, 단속을 위한 단속이 되어 버렸다.

그러다 보니 학생들은 거의 다 단속을 싫어한다. 단속으로 인한 불안함을 늘 안은 채 생활하고, 항상 생활지도위원들 눈치를 보며 지내느라 쾌활함과 즐거움이 점점 사라졌다. 자유가 사라진 곳에는 억압과 굴종만 남았다. 겉으로는 규율이 잡히고 학업 분위기가 좋아진 듯해서 부모님들 반응은 좋지만, 우리는 속으로 곪아터지고 있었다. 썩은 부위를 고치기 위해서는 일단 밝은 빛 아래로 어둠을 드러내야 한다. 그러기에는 이태경이 벌인 짓을 폭로해야만 했다.

변호인(최재훈) 이태경 선배님! 어디 할 말 있으면 해 보시죠?

진행자 생활지도위원 개인을 지목해서 잘못을 추궁하는 건 자치법정 취지에 맞지 않습니다. 이태경 검사는 침묵할 권한이 있으며, 발언할 권한도 있습니다. 만약 하기 싫다면 다음 자치법정으로 미루고, 그때는 검사를 다른 사람이 대신해도 됩니다.

정지환은 이태경을 보호해 주었다. 진행자로서, 학생회장으로서 당연한 역할이었다.

"괜찮습니다. 잠시 저에게 시간을 주시겠습니까? 찾을 게 있어서요."

"네! 뭐 긴 시간만 아니라면⋯⋯."

"잠시만요."

이태경은 무척 여유로웠다. 책상 밑에 손을 넣고 뭔가를 찾는 듯했다. 칸막이 때문에 뭘 하는지는 보이지 않았다. 잠시 뒤 이태경이 마이크를 뽑더니 책상 아래로 가져갔다. 조금 뒤 잠시 잡음이 들리더니 이태경 목소리가 나왔다. 통화를 녹음한 파일이었다.

김영권	여보세요.
이태경	방금 욕하셨죠?
정나혜	뭐래!
김영권	태경이니? 여보세요?
이태경	2학년 8반 정나혜 학생, 방금 저한테 욕하셨잖아요.

잠시 목소리는 안 들리고 바람소리만 들렸다. 이태경은 정중했고, 정나혜는 화가 잔뜩 난 상태였다.

이태경	조금 전에 욕하셨습니까, 안 하셨습니까?
정나혜	아, 씨×××. 진짜 개같이!

정나혜가 거칠게 욕을 했다. 나는 화들짝 놀랐다. 관객들도 웅성거렸다.

김영권	누구야? 누가 욕해?
이태경	지금 또 욕하시네요.
정나혜	근거 있어? 근거 있냐고? 괜히 생트집 잡지 마! 꼴에 선배라고.

나는 머리를 감싸쥐었다. 끝났다. 비밀병기인 줄 알았는데 자해 무기가 되고 말았다. 그냥 녹음한 것도 아니고, 어떻게 김영권 선생님에게 전화를 걸어 놓고 녹음을 하겠다는 생각을 했는지, 그야말로 놀라운 잔머리였다.

따지고 보면 정나혜는 욕할 만했다. 저 대화를 나누기 바로 전에 14점이나 한꺼번에 벌점을 받았기에 잔뜩 부아가 치민 상태였다. 이태경이 저 상황에서 어떻게 녹음할 생각을 했는지 모르겠다. 나라면 도저히 그런 생각을 못 했을 텐데……. 이태경처럼 잔머리가 잘 돌아가는 애가 아무 생각 없이 녹음을 했을 리 없다. 정나혜는 미숙하게도 함정에 걸렸고, 이태경은 자신이 저지른 부당한 짓을 덮어 버렸다. 욕을 했다고 해서 그 전에 받은 14점이라는 벌점이 정당화되지는 않는다.

그러나 욕설은 정나혜 인상을 나쁘게 만들고, 이태경 행위에 정당성을 부여하게 만든다. 17점이라는 부당한 점수보다 욕설이 더 크게 다가오기 때문이다. 더구나 이태경은 3학년이고 정나혜는 2학년이다. 후

배가 선배에게 욕을 하며 대들었으니 더 안 좋은 인상을 주게 된다.

김영권	야! 이태경, 뭐야?
이태경	아, 단속을 했는데 자꾸 아니라고 해서 선생님께 현장 소리를 들려드리려고요. 방금 2학년 8반 정나혜 학생이 정당한 생활지도를 한 저에게 욕설을 했습니다.
김영권	그래? 정나혜 바꿔.

이태경은 녹음 파일을 껐다. 김영권 선생님이 정나혜를 야단치는 대목이 이어질 게 확실하지만 일부러 꺼 버린 것이다. 선생님을 곤혹스럽지 않게 하려는 의도인지, 자기를 보호하려는 의도인지는 분명하지 않았다.

검사(이태경)	그때 상황을 말씀드리죠. 저와 이나현이 같이 단속을 하는데 정나혜 학생이 저희들을 놀리면서 도망을 쳤습니다. 잡으려고 따라가는데 그때 정나혜 학생과 친해 보이는 학생들이 교묘하게 방해를 했고, 정나혜 학생은 그런 저희를 계속 놀리면서 도망을 쳤습니다. 뭐, 생활지도위원들을 놀리고 도망치는 경험이야 여러 번 했기에 그냥 넘어가려 했지만, 친구들끼리 짜서 대놓고 놀리니 무척 자존심이 상했습니다. 여기 계시는 관객 분들 중에서도 생활지도위원을 놀리고 도망치는 경우 종종 있죠? 저야 감당해도 되지만 그대로 두면 학교 규율

도 무너지고, 다른 생활지도위원들에게도 똑같은 장난을 칠지도 모른다는 걱정이 들었습니다. 다른 생활지도위원들이 놀림을 당해도 귀찮아서 그냥 내버려두니 이런 장난이 계속된다고 판단했습니다. 단속에 지치고 힘들었지만 일부러 쫓아갔습니다. 결국 피고인은 운동장으로 도망쳤습니다. 생활지도위원들은 건물 밖으로 도망치면 잡으러 가지 않습니다. 건물 안에서 돌아다니며 생활지도를 하기도 힘든데 도망가는 사람을 쫓아서 운동장을 뛰어다니고 싶지는 않으니까요. 그런 학생들 계시죠? 놀리고 운동장으로 도망치고, 단속 피해서 운동장으로 도망치고……. 저도 포기하려고 했지만, 또 다른 피해를 예방하기 위해서는 본보기가 필요하다는 판단을 했습니다. 힘들게 운동장을 뛰어다니다가 겨우겨우 잡았습니다.

이태경은 차분했다. 진지하고 진솔해 보였다. 이럴 때 어떤 표정을 짓고, 어떤 말투를 써야 하는지 아주 잘 알았다. 이런 건 정말 기가 막히게 잘하는 녀석이었다. 나는 이태경을 잘 안다. 사명감에서 정나혜를 추격을 했을 리 없다. 어디 한번 당해 보라는 심보였을 것이다. 그러나 눈앞에 보이는 이태경은 전혀 다른 사람으로 보였다.

검사(이태경)   조금 전에 정나혜 학생은 그 상황을 다르게 말했는데, 누구 말이 맞는지 확인하고 싶다면 그때 상황을 목격한 증인을 신청해도 됩니다. 저와 같이 있던 이나현 생활지도위원도 좋고, 정나혜 학생이 어울리던 친구들도 좋습니다. 당시에 그 장면을 지켜본 몇몇 학생들 얼굴도 기억합니다. 그 학생들도 모조리 증인으로 불러서 확인해도 좋습니다.

이태경은 자신만만했다. 허세로 보이지 않았다. 그 반면에 정나혜 얼굴빛은 파르스름하고, 입술은 파르르 떨렸다. 표정이 모든 걸 말해 주었다. 정나혜가 배심원을 정면으로 마주보고 앉아 있기에 그나마 방청객들이 얼굴을 못 보는 게 다행이었다.

검사(이태경)   잡고 확인해 보니 복장과 화장이 규정 위반이었습니다. 운동장에서 실내화 착용은 안 되니 그것도 2점을 주었습니다. 규정에는 생활지도 위원을 피해 도망치거나 속이는 행위를 할 때 5점을 주도록 정해져 있어서 하는 수 없이 5점을 주었고, 신상정보를 물었을 때 불응하였기에 3점을 주었습니다. 제가 준 벌점 가운데 단 하나라도 규정에 근거하지 않은 것은 없습니다. 김영권 선생님도 한꺼번에 벌점을 너무 많이 주지 않았냐면서 살피셨는데, 제가 정확하게 사정을 이야기하자 납득을 하셨습니다. 그리고 조금 전에 들려 드린 욕설로 3점을 추가했습니다. 이게 벌점 17점에 얽힌 진실입니다. 더이상 이 사건과 관련해 제가 드릴 말씀은 없습니다. 배심원과 관객 여러분이 현명하게 판단하리라 믿습니다.

분위기는 넘어갔다. 욕설로 인한 신뢰감 훼손은 타격이 컸다. 욕설 전에 받은 14점이 부당한지 여부는 따지기 힘든 상황이 되고 말았다. 내 의도는 정나혜한테 적용하는 방식이면 누구든지 한꺼번에 많은 벌점을 받을 가능성이 있다는 점을 드러내려는 것이었다. 생활지도를 피해서 도망치고, 생활지도위원에게 강한 말로 불만을 터트린 경험은 다들 있기에 정나혜 사례는 우리 앞에 놓인 크나큰 위험임을 보여 주고자 했다. 그런데 욕설 녹음으로 인해 내 의도가 완전히 무너지고 말았다.

이제 이태경이 문제가 아니었다. 생활지도 방식과 문제점을 드러내려던 의도가 무너진 것도 문제가 아니었다. 정말 심각한 문제는 정나혜였다. 이대로 재판이 끝나면 정나혜는 욕설에 거짓말까지 한 못된 학생으로 낙인이 찍히고 말 것이다. 그 뒤에 어떤 일이 벌어질지는 아무도 모른다. 작년에 김진태처럼 스스로를 해치는 끔찍한 사건이 벌어질지도 모른다.

내 실수였다. 이태경이 어떤 애인지 잘 알면서 덜컥 일을 벌인 내 잘못이었다. 조사를 더 철저히 해야 했다. 이태경과 같이 생활지도위원 활동을 하는 이나현이라도 만나 봐야 했다. 정나혜 친구들 중 한 명이라도 만나서 정황을 더 자세히 파악해야 했다. 아니면 이태경에게 넌지시 물어보기라도 해야 했다. 그러나 나는 그렇게 하지 않았다. 그저 자치법정을 통해 생활지도위원회와 벌점 규정을 뒤흔들어 버리겠다는 목표에만 사로잡혀서 꼼수를 쓰다가 큰 잘못을 범하고 말았다. 내 실수로, 내 잘못으로, 정나혜 인생이 망가질 수도 있는 위기가 닥치다니…….

"현재 정나혜 학생과 이태경 검사가 말한 사실 관계가 다른데…….
이태경 검사는 정나혜 학생이 놀렸다고 하고, 정나혜 학생은 다들 그
렇듯이 생활지도가 무서워서 피하려고……."

최재훈이 논쟁을 벌이려고 했다. 내가 책상 아래로 옆구리를 찌르며
말렸지만 계속 말하려고 했다. 욕설 파일이 만들어 낸 분위기로 인해
논쟁을 벌이면 벌일수록 정나혜가 불리할 게 뻔했다. 무엇보다 한쪽은
자신감에 넘치고, 한쪽은 불안에 떠는 상황에서 배심원과 관객이 어떤
결론을 내릴지는 너무나 명확했다. 더구나 아무리 위급한 상황에서도
이태경은 당황하지 않고 미꾸라지처럼 빠져나가는 재능이 있다. 그런
이태경인데 완전히 주도권을 잡은 상태에서 얼마나 능숙하게 판을 이
끌어 갈지는 어림하고도 남았다.

논쟁이 벌어지면 벌어질수록 정나혜는 더 심한 낙인이 찍히고 말 것
이다. 일단은 재판 심리를 뒤로 미룰 핑계를 찾아야 했다. 정나혜가 입
을 상처나 공격을 어떻게 풀어낼지는 그다음에 고민할 문제였다. 심리
를 멈춰야 하는데 어떻게 해야 할지 적당한 방법이 떠오르지 않았다.
순발력이 뛰어나고 뻔뻔한 이태경이 몹시 부러웠다.

"잠깐만요."

그때 정지환이 최재훈 말을 끊었다.

"지금 피고인 8과 검사는 전혀 다른 말을 하는데, 그 차이가 지나치
게 커서 현 상태에서 무엇이 진실인지 밝히는 것은 가능하지도 않고,

효과도 없어 보입니다. 무엇보다도 그런 논쟁은 학생자치법정 취지에 맞지 않습니다."

가슴을 쓸어내렸다. 내가 하려던 말을 정지환이 정확하게 해 주었다. 아마 나와 비슷한 걱정을 한 듯 보였다.

"무엇보다 녹음파일로 인해 선입견이 생기면서 사건을 정확히 판단하기 어려운 조건이 되고 말았습니다."

정지환은 관객들 인식을 바꾸려고 했다.

"다들 욕을 합니다. 하늘에서 내려온 천사 같은 이선혜는 빼고."

정지환이 농담을 하자 이선혜를 아는 3학년들 몇 명이 소리 내어 웃었다. 팽팽하던 긴장감이 조금은 누그러졌다.

"욕설은 선입관을 심어 주죠. 욕을 하는 상황만 딱 들으면 욕을 한 사람이 나쁜 듯합니다. 그렇지만 앞뒤 상황을 다 알고 나면 진실이 달라지는 경우도 많습니다. 도둑놈 보고 욕했는데, 욕을 한 대목만 빼고 들으면 욕한 사람이 나쁜 것 같지만, 사실은 도둑놈이 나쁜 사람이잖아요."

정지환은 정나혜를 보호하려고 최대한 애를 썼다.

"우리는 선입견을 제거하고 이 사건을 봐야 합니다. 그래서 이 사건은 진상 조사를 별도로 하고, 증인들을 확인한 뒤에 다루겠습니다. 시간이 다 되었는데, 마지막으로 다시 한번 부탁합니다. 자치법정 안에서 일어난 일로 그 어떤 불이익이 없어야 한다는 게 제가 학생회장 직을 걸고 한 약속입니다. 그 약속은 저만 한 약속이 아니라 이곳에 온 우리 모두가 한 약속입니다. 그러니 그 약속을 꼭 지켜주시기 바랍니다. 이곳은 자치법정이고, 저는 자율이 지닌 힘을 믿습니다."

정지환은 마지막까지 정나혜를 지켜 주려고 '약속'이란 낱말을 몇 차례 반복하고, 말할 때마다 힘을 주었다. '자치'와 '자율'이란 말도 강조했다. 그러나 그 '약속'이란 낱말이 제대로 힘을 발휘할까? 자율로 그 약속이 지켜질까? 과연 관객들은 정지환처럼 자신이 약속을 했다고 생각할까? 약속이란 말이 공허하게 들렸다. 자율이란 말에도 믿음이 생기지 않았다. 이처럼 뒷말하기 좋은 일이 벌어졌는데, 아무 소문이 나지 않는다면 그게 더 이상했다.

나는 작년에 김진태와 관련한 일을 겪으면서 사람에 대한 믿음이 많이 없어졌다. 사실 확인도 제대로 안 하고 남이 하는 말만 믿고 쉽게 혐오에 빠져드는 모습에 크게 실망했다. 물론 나도 예외는 아니었다. 그러고 보니 내가 참 한심했다. 사람을 믿지 않으면서, 더군다나 내 또래가 성숙한 판단을 하리라는 믿음은 거의 없으면서, 자유니 자율이니 떠들었으니 말이다. 당장 급식 차례와 줄서기만 해도 선생님이 단속하지 않으면 지켜지리란 보장이 없다.

나는 무책임하게 일을 벌였다. 일을 꼼꼼하게 처리하지도 못하고, 사건이 터지면 뒷감당할 능력도 없으면서 이런 일을 벌였다. 나는 인권부장이 되지 말아야 했다. 그 반면에 정지환은 학생회장다웠다. 책임감도 있고, 자기 약속을 지키기 위해 최선을 다했다. 어쨌든 당장 인권부장을 그만둘 수는 없었다. 인권부장을 그만둘 때 그만두더라도 내 실수로 일어난 일은 책임져야만 했다. 어떻게 해야 할까? 앞이 깜깜했다.

이러한 고민을 하느라 자치법정이 끝났는데도 나는 한동안 자리에서 일어나지 못했다.

3
벌점으로 해결되지 않는 것들

: 이예나 :

2차 자치법정이 끝나고 채원이가 무척 힘들어했다. 정나혜에게 해가 되는 일을 무책임하게 벌였고, 자기 잘못으로 자치법정을 망쳐 버렸다며 자책했다. 나는 지환이가 잘 말했으니 괜찮을 거고 자치법정은 아직 끝나지 않았다고 위로했지만, 자책감을 덜어 주지는 못했다. 그리고 상황은 채원이가 걱정한 대로 흘러가는 듯했다.

안타깝게도 약속이란 낱말을 모두가 지환이만큼 무게감 있게 받아들이지는 않은 모양이었다. 소문은 조용하면서도 빠르게 퍼졌다. 금요일이 되자 정나혜와 이태경 사이에 벌어진 일을 우리 반에서도 모르는 애들이 없었다. 지환이가 '학생회장 직을 걸고 한 약속'이란 말을 강조했다는 소문도 같이 돈 덕분에 대놓고 정나혜를 까는 분위기는 아니어서 그나마 다행이었다. 3학년 사이에서 도는 소문이야 정나혜가 3학년도 아니니 크게 걱정하지는 않았다. 문제는 2학년이었다. 언뜻언뜻 들리는 소문은 우려를 자아낼 만했다.

무슨 일이 있어도 학원은 빼먹지 않던 채원이가 토요일에 같이 다니는 학원에 나오지 않았다. 아무래도 채원이를 만나야 할 듯했다. 혼자서는 벅찼다. 나은이에게 전화를 걸었다.

"나 지금 수혁이랑 같이 영화 보러 왔는데……."

"너는 절친을 버리고 남자친구를 선택하겠다는 거야?"

"이상하게 몰지 마."

"채원이가 학원을 빼먹었다니까."

"정말?"

"나 혼자서는 자신이 없어. 같이 가자."

"그래도 수혁이랑……."

"너, 은혜를 원수로 갚을래?"

"아이 참, 알았어. 가면 되잖아."

나은이는 자치법정 덕분에 사랑할 자유를 얻었다. 선생님들까지 모두 공인하는 짝이 되었고, 복도에서 손을 꼭 잡고 다녀도 아무도 뭐라고 하지 않았다. 소심하던 수혁이도 확 변했다. 도대체 어디에서 그런 적극성을 숨겨 놓았는지 깜짝깜짝 놀랄 정도였다. 이 모든 게 채원이 덕분이었다. 채원이가 수혁이를 설득해서 자치법정에 함께 서도록 했기 때문이다. 그러니 은혜를 원수로 갚을 거냐는 협박이 먹힐 수밖에

수상한 휴대폰, 학생자치법정에 서다

없었다.

"치킨 사서 가자."

채원이 집으로 가는데 나은이가 치킨집 앞에서 멈췄다.

"나 용돈 떨어졌는데."

"나 돈 있어."

"뭐야, 맨날 수혁이랑 같이 놀 돈도 없다고 찡찡 대더니."

"수혁이가 줬어. 치킨이라도 사서 가라고."

"헐, 대박!"

"걔가 요즘 남자애들 같지 않게 세심하다니까."

"어휴, 이런 데서도 깨알 자랑이냐."

그렇게 말하긴 했지만 행복해하는 나은이가 참 보기 좋았다.

우리는 치킨을 두 마리 사서 하나씩 나눠 들고 채원이 집으로 갔다. 전화 연락은 하지 않고 곧바로 현관에 가서 초인종을 눌렀다.

"누나! 예나 누나 왔어!"

문이 열리고 채원이 동생인 서형이가 내지르는 소리가 들렸다. 향긋한 빵 냄새가 우리를 맞이했다. 채원이네 집에 가면 늘 빵 냄새가 난다. 채원이 동생은 꿈이 제빵사다. 이제 겨우 12살인데 천연발효빵까지 만들 줄 안다. 놀러 갈 때마다 이것저것 먹어 보라고 빵을 주는데, 어떨 때는 가게에서 파는 빵보다 더 맛있다.

"나은이 누나도 왔네?"

"서형아! 여기 치킨!"

"와~ 치킨이다."

"누나 있지?"

"응."

서형이는 치킨을 받아서는 거실 탁자에 놓았다.

"엄마 아빠는?"

"밖에 나가셨어."

서형이는 부산하게 움직이며 치킨 먹을 준비를 했다. 나와 나은이는 채원이 방 앞으로 갔다. 문은 굳게 닫혀 있었다.

"채원아, 들어가도 되니?"

답이 없었다.

손잡이를 돌렸지만 꿈쩍도 하지 않았다.

"채원아!"

"나도 왔어!"

그때 문이 갑자기 열렸다.

"뭐야? 갑자기 쳐들어오고."

부스스한 머리를 뒤로 묶은 채원이가 나타났다.

"나은이가 치킨 샀어. 근데 누구 돈인지 알아?"

"누구긴 누구겠어. 그 멋진 남자친구겠지."

채원이가 무뚝뚝하게 말했다.

"소중한 수혁이 돈이 치킨이 되어온 건 꼭 기억해 줘."

나은이가 장난스럽게 말하자, 채원이가 피식 웃었다.

"먹을 준비 끝!"

우리는 탁자에 둘러앉아서 치킨을 먹었다. 치킨을 먹는 내내 나은이가 수혁이 자랑을 늘어놓았다. 어찌나 달달한 꿀이 넘쳐흐르는지 치킨에도 꿀이 떨어지는 듯했다. 치킨을 다 먹고 나자 서형이가 보드게임을 들고 왔다. 나은이와 내가 놀러오면 늘 하는 보드게임이었다.

치킨을 먹으며 조금 밝아진 채원이는 보드게임을 하자 내가 알던 박채원으로 점점 돌아왔다. 우리는 시끌벅적하게 떠들며 보드게임을 즐겼다. 막판으로 갈수록 경기는 치열해졌다.

"어쭈, 박서형! 그거 이미 냈잖아."

"내가 언제."

"저번 판에 냈는데, 그걸 이번에 내면 안 되지."

"내가 언제 냈다고 그래. 나은이 누나! 내가 냈어?"

"글쎄, 나는 내 코가 석자라."

"예나 누나?"

"나도 잘……."

이럴 때 끼어들면 새우 등 터진다.

"내가 확실히 봤다니까."

"누나, 억지 쓰지 마."

"뭐가 억지야! 확실해! 자 여기 놓은 패를 보면……."

채원이는 바닥에 놓인 패를 일일이 확인하면서 계산을 했다.

"아이고, 그래그래, 누나가 맞다고 쳐."

"왜 그걸 맞는다고 쳐. 내가 맞다니까."

채원이다운 반응이었다.

"네, 네!"

서형이는 입을 삐죽 내밀었다.

"이게, 키 좀 컸다고 누나에게 개기는 거 봐."

채원이가 서형이에게 꿀밤을 먹이는 시늉을 했다.

늘 보던 남매 싸움인데도 재미있었다.

"하여튼, 누나는 늘 이기려고만 해."

"게임인데, 이겨야지 그럼."

"보드게임은 즐기려고 하는 건데 누나는 이기려고만 하니 문제지."

"어쭈, 이게……."

그러다 갑자기 채원이가 메두사 얼굴이라도 본 듯이 꿈쩍도 안 했다. 우리 움직임도 덩달아서 멈추었다. 석상처럼 꿈쩍도 않고 깊이 고민하던 채원이가 입술을 지그시 깨물었다.

"잠깐만!"

채원이는 들고 있는 카드를 내려놓고는 방으로 들어갔다.

"뭐야, 카드를 막……."

내가 재빨리 서형이 입을 막았다.

"기다려 봐."

뭔지 모르지만 느낌이 왔다. 길을 잃었던 채원이가 가야 할 길을 찾았는지도 모르겠다는 생각이 들었다. 우리는 거실에 앉아 숨을 죽인 채 채원이 방에서 들리는 소리에 귀를 기울였다. 전화 통화를 하는 모양이었다. 무슨 말인지 제대로 들리지는 않았다. 띄엄띄엄 나오는 큰소리만 알아들었다.

"… 알았어 … 내가 미안하다고 …… 야, 이태경 치사하게 그럴래 …… 계속 그렇게 나올 거야? …… 내가 잘못했다고, 됐냐? …… 으이그, 정말 …… 그래, 부탁이다, 어쩔래 …… ."

마지막 큰 소리가 끝나고 잠시 조용했다. 우리는 말없이 기다렸다. 조금 뒤 방문이 열리고 채원이가 거실로 다시 나왔다.

"예나야, 나은아! 내가 부탁할 게 있어."

내가 서형이에게 눈짓을 했다. 서형이는 눈치껏 자리를 피해 주었다.

"뭔데, 그래?"

"태경이랑 통화한 거야?"

나와 나은이가 물었다.

"응, 태경이랑 통화했어. 그리고 너희들 도움이 필요해."

채원이는 내가 생각지도 못한 제안을 했다. 제안은 그럴 듯했다.

"제안은 좋은데, 태경이가 동의했어?"

"통화하는 소리 들었잖아. 협박하고 사과하고 달래서 겨우 동의하게 만들었어."

협박이란 낱말이 뜻과 다르게 유쾌하게 들렸다.

"다른 애들은?"

"이제 연락해야지."

"다 동의하면, 내일 다 같이 만나는 거야?"

채원이가 고개를 끄덕였다.

＊＊＊

일요일, 나는 약속 시간에 맞춰 학생회실로 갔다. 지환이와 재훈이는 먼저 와서 기다리고 있었고, 성현이와 성혜는 내 바로 뒤에 들어왔다. 채원이와 태경이는 약속시간이 되었는데도 오지 않았다. 무슨 일인지 알기에 다들 아무 말도 않고 가만히 기다렸다. 약속시간이 20분쯤 지난 뒤에 채원이가 태경이와 함께 나타났다. 잠시 뒤 정나혜가 들어왔다.

＊＊＊

3차 자치법정이 열렸다. 선생님들도 열 분이 넘게 왔고, 관객은 2차 법정보다 두 배나 많았다. 채원이와 나, 재훈이는 검사 쪽 자리에 앉았다. 자리만 바꿨을 뿐 아니라 내 명패도 바뀌었다. 변호인 이예나가 아니라 검사 이예나였다. 맞은편에는 변호인 홍성현, 이태경, 박성혜 명패가 보였다. 배심원들이 들어오고 자리에 앉자 지환이가 마이크를 잡았다.

눈치 빠른 관객 몇몇이 검사와 변호인 자리가 바뀌었을 뿐 아니라

수상한 휴대폰, 학생자치법정에 서다

역할도 바뀌었다는 사실을 알아차리고는 소곤댔다. 맨 앞줄에서 자치법정을 지켜보는 최미경, 송윤정 선생님 등도 어안이 벙벙한 표정이었다. 김영권 선생님만 변함이 없었다.

지환이가 3차 자치법정 개최를 알렸고, 이어서 채원이가 나섰다.

검사(박채원)   3차 자치법정에서 검사를 맡은 전교학생회 인권부 부장 박채원입니다.

소곤거리는 소리가 조금씩 커지며 방청석이 잠깐 시끄러워졌다.

검사(박채원)   본 검사는 오늘 자치법정에서 아주 특별한 대상을 피고인으로 기소하고자 합니다. 자치법정에 나온 아홉째 피고인이므로 오늘 기소할 피고인은 편의상 피고인 9로 부르겠습니다.

채원이는 일부러 '기소'라는 법률 용어에 힘을 주었다.

검사(박채원)   피고인 9는 수많은 학생들뿐 아니라 선생님들까지 고통에 빠지게 한 주범입니다. 죄가 워낙 무거워 벌점이나 벌칙으로 처벌하기도 어렵습니다. 따라서 본 검사는 피고인 9를 강제전학에 처해 주기를 바라며, 피고인 9를 기소합니다.

강제전학이란 말에 또다시 방청석에서 웅성거림이 일었다.

검사(박채원)　피고인 9번, 들어오세요.

그리고 피고인 9번이 들어왔다.

"뭐야?"

"지금 장난해?"

방청석은 조금 전과는 견줄 수 없을 만큼 소란이 일었다.

피고인석에는 종이판자 두 개가 세워졌다. 하나는 '늘품중학교 벌점 규정'이라는 큰 글씨가 적힌 종이판자인데, 글씨가 워낙 선명해서 방청석에서도 충분히 알아볼 만했다. 다른 하나는 벌점 규정 전문이 적힌 종이판자였다. 두 종이판자 모두 사람 형상으로 만들어서 마치 사람이 재판을 받는 듯한 분위기를 연출했다.

검사(박채원)　'늘품중학교 벌점 규정'을 자치법정에 기소합니다.

채원이 목소리가 강렬한 울림이 되어 자치법정 곳곳으로 퍼져 나갔다.

잠시 소란스럽던 방청석에서 누가 함성을 지르며 박수를 쳤다.

"와!"

그와 동시에 박수와 함성이 방청석 전체로 순식간에 퍼져 나갔다. 채원이는 박수와 함성이 잦아들 때까지 기다렸다.

검사(박채원)　　　그럼 피고인 9를 기소한 이유를 말씀드리겠습니다.

채원이는 피고인 9가 학생들 학교생활에 얼마나 나쁜 영향을 끼치는지 간략하게 설명했다. 채원이 말이 끝나자 지환이는 변호인 측에 모두 발언 기회를 주었으나, 변호인들은 모두 발언을 하지 않았다.

진행자　　　　피고인 9에 대한 직접 심문은 불가능하므로, 곧바로 증인 심문으로 넘어가겠습니다. 먼저 검사가 신청한 증인부터 심문을 진행해 주시기 바랍니다.

검사(박채원)　　　자치법정 증인 2번 나와 주십시오.

채원이 말이 끝나자 원석이가 증인석으로 걸어 나왔다. 우리 학교 학생이면 다들 원석이를 안다. 방청석이 일순간에 조용해졌다.

원석이는, 표현이 좀 그렇지만 학교 일진이다. 공부는 당연히 뒷전이고, 이런저런 사고도 많이 쳤다. 초등학생 때부터 싸움을 잘한다고 소문이 자자했다. 나는 원석이가 처음 주먹질을 하고 돌아다닐 때부터 친구였는데, 그 덕분에 노는 애들과도 친구가 되었다. 원석이가 일진이라고는 하지만 심성이 나쁘지는 않다. 그냥 놀기 좋아하고 학교생활이 체질에 안 맞을 뿐이다. 이준석처럼 진짜 나쁜 놈과는 결이 다르다. 이미 어림했겠지만 원석이에게 증인으로 나와 달라고 내가 부탁했다. 물론 계획은 채원이가 세웠다.

검사(박채원)	증인 2, 자기소개 좀 해 주세요.
증인 2	우리 학교에서 날 모르는 애들도 있나?

원석이는 말투며 행동을 껄렁거리게 했다. 그대로 뒀다가는 심문이 의도한 대로 흘러가지 않을 듯했다.

"야, 김원석! 너 똑바로 안 해."

내가 소리를 버럭 질렀다. 자치법정이고 선생님들과 수많은 학생들이 지켜보는 자리에서 그렇게 하면 안 되지만, 어쩔 수 없었다.

"아, 알았어! 아유, 정말."

증인 2	다들 알다시피 맨날 사고쳐서 선생님들에게 찍힌 김원석입니다.
검사(박채원)	본인 스스로도 맨날 사고를 치고 선생님들에게 찍혔다면 벌점을 많이 받았겠네요?
증인 2	내가 벌점이…….
검사(박채원)	너무 많아서 기억하기 힘든가요?
증인 2	아니, 아니, 벌점을 하도 오래 전에 받아서 기억이 안 나서요. 3월 말에 2점인가 3점 받고 받은 적이 없어서…….
검사(박채원)	그 뒤로 벌점을 받을 만한 행동을 안 한 건가요?
증인 2	에이, 그럴리가요.
검사(박채원)	생활지도위원들이 강력하게 단속을 했는데, 운이 좋았던 건가요?
증인 2	운은 무슨……. 그냥 대놓고 어겨도 안 잡던데. 솔직히 걔들이 무슨

배짱으로 저를 잡아요.

검사(박채원) 생활지도위원들이야 증인 2가 일진이니 뒤탈이 무서워 그렇다 쳐도,

선생님들은 벌점을 많이 줄 듯한데요.

증인 2 그건 모르겠어요. 벌점을 왜 안 주시는지. 그런데 솔직히 전 벌점이

안 무서워요. 100점이면 강제전학이라는데, 뭐 보내면 가면 되죠.

검사(박채원) 요즘도 생활지도실에 가서 상담도 받고 반성문도 많이 쓰나요?

증인 2 아뇨. 2학년까지는 툭하면 생활지도실에 끌려가서 반성문도 쓰고, 쌤

께 좋은 말씀도 듣고 그랬는데……. 요즘에는 생활지도실이 어떻게

생겼는지도 가물가물해요.

검사(박채원) 증인 2는 스스로 생활지도를 많이 받아야만 하는 학생이라고 생각하

나요?

증인 2 뭐, 쪽팔리지만, 그렇죠. 그나마 쌤들께 몇 마디 좋은 말씀 듣고, 혼이

나면 근질근질하던 마음이 조금 가라앉아요. 저도 제가 학교생활 부

적응자란 거 잘 알고, 이나마 버틴 것도 쌤들 구박을 많이 받아서라

고 생각합니다. 아주 고마워하고 있어요. 영권 쌤! 제가 항상 감사하게

생각하는 것 잘 알고 계시죠?

원석이는 맨 앞줄에 앉은 김영권 선생님을 똑바로 보며 손까지 흔들
었다. 김영권 선생님은 아무런 반응을 보이지 않았다.

검사(박채원) 증인은 같이 노는 친구들이 많죠?

증인 2	뭐, 쫌 되죠.
검사(박채원)	그 친구들은 어떤가요?
증인 2	걔들도 저랑 비슷한데, 쫌 철없는 녀석들은 종종 벌점을 왕창 받기도 하지만 별 타격이 없어요. 급식실 앞에서 잠깐 피켓을 들고 있거나, 쓰레기 줍는다면서 학교 운동장 이곳저곳 돌아다니면 끝이거든요.
검사(박채원)	증언 감사합니다. 증인 2는 특별한 생활지도가 필요한 학생입니다. 그렇지만 현재 벌점 규정으로 일반 학생들에 대한 단속이 강화되고, 쏟아지는 상담과 이러저러한 일 때문에 선생님들이 정작 생활지도가 필요한 학생들을 제대로 지도를 못 하는 상황입니다. 학생생활지도위원들은 뒤탈이 무서워 감히 못 건드리고요. 솔직히 말해서 공부 잘하는 학생들도 안 잡으니, 어중간한 학생들만 중간에서 잡히는 실정입니다. 단속을 당하고 벌점으로 고통받는 학생들을 보세요. 교복을 조금 이상하게 입고, 화장도 좀 하고, 욕도 좀 하고, 실내화 신고 운동장에 나가기도 하지만 그냥 내버려둬도 학교생활을 무난하게 할 학생들입니다. 현 벌점 규정과 단속은 정작 필요한 생활지도는 못 하게 하고, 굳이 안 해도 되는 간섭과 억압을 만들어 내고, 건강한 학생을 문제아로 낙인찍어 버렸습니다. 이상 증인 2에 대한 심문을 마치겠습니다.
진행자	검사 측 심문이 끝났습니다. 변호인, 증인 심문하시겠습니까?
변호인(홍성현)	증인 2에 대한 반대 심문은 하지 않겠습니다.

원석이는 자리에서 일어나더니 방청석을 향해 손을 흔들며 껄렁껄렁하게 걸어 나갔다. 방청석에서 또다시 박수와 함성이 터져나왔다.

진행자   그럼 이어서 변호인 측이 신청한 증인에 대한 심문을 진행하겠습니다. 편의상 호칭은 증인 3으로 하겠습니다. 증인 3 나와 주십시오.

이나현이 단정한 교복을 입고 나왔다. 목에 걸린 빨간 명찰이 걸음에 맞춰 흔들렸다.

변호인(홍성현)   증인 3, 자기소개 부탁합니다.

증인 3   학생생활지도위원으로 활동하는 이나현입니다.

변호인(홍성현)   생활지도위원인데 증인으로 나온 까닭이 무엇인지 말씀해 주십시오.

증인 3   생활지도위원으로 지내기가 무척 힘들기 때문입니다. 학생들은 우리를 비밀경찰이니 바이러스니 하면서 피합니다. 학생들은 잡으면 잡는다고 항의하고, 안 잡으면 쟤는 어겼는데 왜 안 잡느냐고 따집니다. 선생님들은 단속 실적이 떨어지면 왜 제대로 단속하지 못하느냐고 나무라고, 심하게 잡으면 항의 들어온다고 야단을 칩니다. 도대체 어느 장단에 박자를 맞춰야 할지 모르겠습니다. 아침에 교문에 서면 들어오는 학생들 얼굴을 마주보기가 힘듭니다. 빨간 명찰을 달고 복도를 다닐 때는 스스로 나는 기계다, 나는 AI다 하고 주문을 외웁니다.

변호인(홍성현)   생활지도위원으로 활동하며 보람을 느낀 적은 있습니까?

증인 3	전혀 없습니다. 비밀경찰이나 바이러스 취급을 받는데 보람을 느낄 리 없죠.
변호인(박성혜)	그래도 생활지도를 통해 뭔가 개선되거나 좋아지는 면들을 보면 조금은 만족감이 생기지 않나요?
증인 3	좋아진 게 없으니 만족도 없습니다. 괜히 친구들과 사이만 나빠지고, 후배들은 무서워서 피하고, 뒤에서 욕이나 먹고.
변호인(박성혜)	그래도 옷을 단정하게 입고, 화장도 연해지고, 불량스러운 욕도 줄어들면서 학교 규율이 잡히는 점은 괜찮지 않나요?
증인 3	단속 때문에 교복 갖춰 입고 다니는 게 뭐가 나아졌다는 증거인지는 모르겠네요. 벌점이 무서워서 그냥 그러는 건데.
변호인(박성혜)	그래도 학부모들이나 선생님들 평가는 좋은 편으로 압니다. 학교 평판도 더 좋아지고.
증인 3	부모님들이야 좋아하죠. 원래 부모님들은 말 잘 듣고, 시키는 대로 하는 자식을 좋아하잖아요. 지역에서 공부 열심히 하고 단정하게 옷 입는다고 소문도 나고, 그럼 좋은 학교로 이름을 날리겠죠. 그런데 그건 부모님이나 어른만 좋은 거지, 우리가 좋은 건지는 모르겠습니다. 전 아무리 봐도 그냥 어른들 보기 좋으라고 하는 단속 같아요.
변호인(홍성현)	아무튼 말썽이 줄어들고, 착한 행동을 하게 강제한다는 점은 좋지 않습니까?
증인 3	벌점이 없다고 착한 학생이 아니고, 벌점이 많아도 나쁜 학생은 아니에요. 진짜 나쁜 일은 벌점과 상관없이 벌어진다고 생각합니다. 대

놓고 말할 수는 없지만, 알만한 학생들은 다 아는 모 학생 같은 경우, 벌점은 없고 상점은 엄청 많지만 다들 싫어합니다. 선생님들 모르게 뒤로 나쁜 짓을 많이 하거든요.

나현이가 말한 '모 학생'은 바로 이준석이었다. 자치법정만 아니라면 내가 나서서 대놓고 까고 싶었지만, 검사로서 역할을 충실히 해야 하기에 꾹 참았다. 그 뒤에도 계속해서 홍성현과 박성혜가 번갈아가며 비슷한 질문을 던졌지만, 나현이는 끝까지 차분하면서도 확고하게 자기 의견을 밝혔다. 생활지도위원을 하면서 얼마나 많은 고민을 했는지 엿보이는 답변이었다.

변호인 질의응답이 끝나자 이번에는 내가 나섰다.

검사(이예나) 증인 3, 지난 2차 자치법정을 지켜봤나요?

증인 3 예.

검사(이예나) 그러면 같은 동료인 이태경과 정나혜 학생 사이에 벌어진 사건을 잘 알겠네요?

증인 3 네. 가장 많이 아는 편입니다.

검사(이예나) 이태경 생활지도위원은 정나혜 학생이 친구들까지 합세해서 놀렸다고 하고, 정나혜 학생은 다른 애들처럼 그냥 피했을 뿐이라고 했는데, 직접 목격한 당사자로서 어느 쪽이 맞다고 보세요?

증인 3 둘 다 맞을 수도 있고, 둘 다 틀릴 수도 있다고 봅니다.

검사(이예나)   네? 아니, 그게 어떻게 그럴 수 있죠?

증인 3   다들 알다시피 생활지도위원을 피해서 달아나는 학생들 많잖아요.
일부러 놀리고 도망치는 경우도 흔하고요. 이태경 위원과 제 눈에는
놀리면서 달아난 듯 보였어요. 옆에 있던 친구들은 방해하는 듯 보였
고요. 그렇지만 복장에 화장까지 걸릴 위기에 처한 정나혜 학생으로
서는 호들갑을 떨면서 도망쳤을 수도 있죠. 정나혜 학생 친구들은 의
도하던 의도치 않던 친구를 도왔을 수도 있고요. 다만…….

검사(이예나)   다만……, 뭐죠?

증인 3   다만 둘 다 피해자라는 점은 확신해요.

검사(이예나)   벌점을 한꺼번에 17점이나 준 행위는 어떻게 생각하세요?

증인 3   규정대로면 줘야죠. 단속 규정에 나와 있는데 생활지도위원으로서
안 주면 직무유기니까요. 이태경 위원은 그냥 규정대로 했을 뿐이에
요. 당하는 정나혜 학생 처지에서는 가혹하죠. 다른 학생들도 늘 하
는 행동을 했을 뿐인데 벌점을 왕창 받고 부모님까지 학교로 불려 왔
으니…….

검사(이예나)   결국 증인 3은 이태경 위원, 정나혜 학생 모두 피해자라는 말이네
요?

증인 3   저도 피해자죠. 아니 모두가 피해자예요. 다 피해만 보는 단속을 왜
강요하는지 모르겠어요.

검사(이예나)   그런데 벌점에 나온 항목은 나름 의미가 있잖아요. 우리가 지켜야 할
올바른 규칙이기도 하고. 그렇지 않나요?

증인 3   꼭 지켜야 할 규칙도 있고, 의미 없는 규칙도 있다고 생각해요. 그런
         데 문제는 처벌이죠. 잘못을 했다고 벌점을 주고, 벌점이 쌓이면 벌
         칙을 높여 가고, 심지어 정학에 강제전학까지 보내겠다는 협박으로
         학생들을 통제하는 방식은 옳지 않다고 봐요. 그리고 정말 교육이 필
         요해서 통제를 하려면 선생님들이 해야지 왜 학생들을 뽑아서 수족
         으로 활용하는지 모르겠어요. 괜히 학생들끼리 사이 나빠지고, 불만
         만 많아지는데…….

검사(이예나) 혹시 벌점 항목 중에 불합리하다고 생각하는 게 있나요? 예를 들어
         복장이라든가…….

증인 3   제가 정말 불합리하다고 생각하는 지점은 달라요. 저는 벌점 항목에
         는 없지만 정말 문제인 것들이 있다고 생각해요. 예를 들어 힘든 친
         구를 도와주지 않고 자기만 생각하기, 남들 몰래 뒷말하기, 좋은 말
         을 해 줘도 되는데 괜히 서로 깎아내리기, 서로 힘을 합쳐야 하는데
         협동하지 않기, 약한 애들을 골라서 근거 없이 혐오하기, 은근히 따
         돌리기, 물건 빌리고 안 돌려주기, 다른 애 물건 함부로 만지기 등
         등! 이런 일들이야말로 꼭 생활지도를 해서 바꿔야 하지만, 벌점을
         주기도 어렵고, 벌점으로 해결되지도 않잖아요.

마지막 답변은 나로서도 전혀 예상치 못했다. 나현이가 한 말이 준
충격에 더는 질문을 하지 못했다. 침묵이 길어지자 나현이가 입을 열
었다.

증인 3   마지막으로 한마디만 할게요. 제가 선생님들을 탓하는 듯한 말을 했

지만, 사실 생활지도 선생님들도 엄청 힘드세요. 늦은 시간까지 학교

에서 불이 켜진 곳은 늘 생활지도실입니다. 선생님들은 늦게까지 남

아서 전화하고, 상담하고, 자료 정리하느라 정신이 없으세요. 학교폭

력이 벌어지면 그걸 처리하느라 바쁘고. 또 수업은 수업대로 다 하시

고. 교장 선생님께 부탁합니다. 겉으로는 그럴듯해도 모두를 불행하

게 하는 이런 벌점 규정과 단속은 그만두게 해 주세요.

나현이가 증언을 마치고 자리를 뜬 뒤에도 한동안 방청석은 조용했

다. 무대 위에서도 움직임이 없었다. 그만큼 나현이가 던진 울림은 컸

다. 긴 침묵 뒤에 검사 측 대표로 채원이가, 변호인 측 대표로 성혜가

나와서 마지막 발언을 했다.

검사(박채원)   증인 3이 한 말처럼 현재 늘품중학교 벌점 규정은 단속을 당하는 학

생들도, 단속을 하는 생활지도위원도, 벌점을 관리하고 처리하는 선

생님들도 모두 불행하게 만들고 있습니다. 학교에는 규칙이 있어야

하고, 규칙을 위반하면 어느 정도 처벌을 해야 한다는 점에는 동의합

니다. 그러나 그러한 규칙과 처벌은 우리를 더 인간답고 행복하게 만

들기 위해서 존재해야지, 억압하기 위해서 존재하면 안 됩니다. 따라

서 본 검사는 배심원들에게 요청합니다. 늘품중학교 벌점 규정에 유

죄를 선고해 주십시오. 그리고 유죄에 따른 벌칙으로 강제전학 조치,

즉 늘품중학교 벌점 규정을 전면 폐기하라는 결정을 내려 주시기 바랍니다.

변호인(박성혜) 규칙은 대부분 우리를 답답하게 합니다. 만약 한 사람만 산다면 규칙은 필요 없습니다. 자기 마음대로 하면 되니까요. 두 사람만 살아도 규칙이 필요합니다. 자유는 무제한이 아닙니다. 우리는 규칙이 있으면 자유를 누리지 못한다고 여기지만, 규칙이 사라지는 곳에는 자유도 없습니다. 저는 휴대전화나 화장품 사용 규정이 지금보다 더 까다로워져야 한다고 봅니다. 그게 처음에는 답답할 수도 있지만, 그게 우리에게 자유를 줍니다. 휴대전화를 멀리하면 친구와 대화할 시간이 늘어납니다. 화장을 안 하면 내면을 성숙하게 하는 데 더 많은 힘을 기울일 여유가 생깁니다. 변호인이 보기에 벌점 규정은 아무런 문제가 없습니다. 다만 단속은 지금보다는 다른 방식으로 이루어져야 한다는 데는 동의합니다. 따라서 본 변호인은 배심원들에게 요청합니다. 늘품중학교 벌점 규정에 무죄를 선고해 주십시오. 다만 제멋대로 해석이 가능한 벌점 규정은 고치고, 단속 방식을 개선하라는 권고를 해 주시기 바랍니다.

채원이와 성혜가 발언을 마치자 지환이가 마이크를 잡고 느릿하게 무대 가운데로 나왔다.

"이번 자치법정에서 다루기로 한 사건은 이제 모두 다루었습니다.

1, 2차 자치법정에서 다룬 사건은 심리를 이미 마쳤고 결정서도 나왔습니다. 결정사항은 배심원단에서 조금 뒤 한꺼번에 발표하겠습니다. 오늘 기소된 피고인 9에 대해 배심원들이 논의할 시간을 주기 위해 20분 동안 휴정하겠습니다. 휴정하기 전에 한 가지 알려드릴 내용이 있습니다. 2차 법정에서 나왔던 피고인 8, 정나혜 학우가 이태경 생활지도위원을 놀리고 욕설을 한 점에 대해 직접 사과했습니다. 이태경 생활지도위원도 한꺼번에 많은 벌점을 주고 부모님과 갈등까지 빚게 한 것에 대해 정나혜 학생에게 직접 사과했습니다. 두 학생이 서로 사과하고 화해하는 모습을 보면서 단속과 벌점, 도망과 비난이 아니라 이해와 사과, 반성과 약속이 우리에게 필요한 게 아닌가 하는 생각이 들었습니다."

지환이는 잠시 말을 멈추고 방청객을 쭉 둘러보았다.

"그럼 잠시 쉬고 20분 뒤에 뵙겠습니다. 학생자치법정을 휴정합니다."

수상한 휴대폰, 학생자치법정에 서다

교실을 디자인하다

: 이예나 :

"얘들아! 너희들이 떠들고 집중 안 해서 속상해."

나는 학생회 리더십 캠프에서 배운 기린대화법을 사용했다.

"회장, 너 미쳤냐?"

"어휴, 오글오글."

애들은 기겁을 하면서 조용해졌다. 기린대화법을 쓰면 마음이 통해서 잘 들어준다고 했는데, 어째 예상과 달리 내 말투에 놀라면서 조용해졌다. 어쨌든 나는 배운 대로 계속 기린대화법을 쓰기로 했다.

"급우 여러분!"

"야, 야, 그만해! 귀가 썩겠다."

"예나 쟤 왜 저래?"

반응은 기대와 전혀 달랐지만 나는 꿋꿋하게 밀고 나갔다.

"자, 급우 여러분! 오늘은 3학년 3반 자체 학급규칙을 만드는 학급 회의입니다. 소식을 전해 들어서 다 알겠지만 허용된 범위 안에서 자율로 생활규칙을 만들어야 합니다. 우리가 정할 수 있는 생활규칙이 무엇인지는 인쇄물을 이미 읽어 보았으니 다 아시죠? 그럼 우리 반 자율규칙은 어떻게 할지 의견을 말씀해 주시기 바랍니다. 참, 발표할 때는 꼭 존댓말을 써 주시고, 나와 의견이 다르더라도 인신공격은 하지 말아 주시기 바랍니다."

"저는 교복, 체육복, 생활복은 무엇이든 자유롭게 입으면 좋겠습니다."

"저도 찬성합니다. 학교 복장이면 아무 옷이나 뒤섞어 입어도 되게 합시다."

"자유롭게 입는 건 좋은데 뒤섞어 입는 것은 반대입니다. 체육복은 체육복끼리, 생활복은 생활복끼리 입어야 합니다. 어느 정도 규율은 필요하다고 생각하고, 무엇보다 섞어 입으면 이상해 보입니다."

"아니, 뭐가 이상합니까? 자기 옷은 자유롭게 입어야지."

"저는 화장은 전면 허용해야 한다고 생각합니다."

"맞아요. 화장은 이제 필수입니다."

"그래도 화장을 모두 허용하면 좀 그렇습니다. 안 하는 애들도 있는데."

"잠깐만요. 애들이라고 하지 말고, 급우라고 해 주시기 바랍니다. 서로 존중하는 말을 사용합시다."

"이상한 화장은 안 하고 다니면 좋겠어요. 여학생 애들, 아니 여학생 급우들을 보면 얼굴을 하얗게 떡칠을 해서 다니는데 보는 사람도 좀 생각해 주세요."

"교실에 화장품 냄새가 심해서 괴로운 사람도 있다는 점도 고려해야 합니다."

"화장을 많이 하면 공부에도 안 좋습니다."

"무슨 소리를 그렇게 합니까? 화장이랑 공부랑 무슨 상관이라고."

"잠깐, 잠깐, 그렇게 소리 지르지 말고 차분하게 말씀하세요. 그냥 서로 의견이 다른 겁니다. 나와 다른 의견을 존중해 주세요."

"매점은 안 만들어 줍니까?"

"학급자율규칙 정하자는데 매점이 왜 나옵니까?"

"쉬는 시간에 과자는 허용하는 거죠?"

"허용해 주면 아무나 마구 먹을 겁니다. 다들 알겠지만 전에 어떤 급우가 조리퐁을 가져왔는데 장난이 벌어지는 바람에 난리가 난 적이 있습니다. 과자 안 들고 오는 급우는 얼마나 먹고 싶겠습니까? 저는 반대입니다."

"아니, 배고픈데 왜 먹지 못하게 합니까?"

"깨끗하게 먹으면 되잖아요?"

"그게 됩니까? 이제까지 몰래 먹는 걸 봤는데 깨끗하게 안 먹었잖아요? 늘 흘리고, 지저분하게 먹었으면서."

"비난하면 안 된다면서 그건 비난 아닙니까?"

"잠깐, 잠깐, 학우 여러분! 감정을 앞세우지 말고 규율을 어떻게 할지 자기 개인 의견만 차분하게 말씀하세요."

"욕은 하면 안 됩니다."

"아니, 친한 친구끼리 장난으로 욕할 수도 있죠."

"그게 장난인지 아닌지 구분이 안 됩니다. 자기는 장난인데 상처받는 애들, 아니 급우들도 많습니다."

"교복 변형은 왜 우리끼리 못 정하는 건가요?"

"그건 절대 허용해 줄 수 없다는 게 학교 방침입니다."

"아, 뭐야? 교복 정말 안 예쁜데."

"화장은 완전 허용보다는 일정한 기준을 정하는 게 좋다고 봅니다."

"그 기준이 뭔데요? 그리고 누가 그걸 판단할 건데요?"

"고데기는 가져오면 안 되나요?"

"네, 그런 전자기기는 사고 우려가 있다고 학교에서 절대 금지랍니다. 우리가 정할 수 있는 규칙이 아닙니다."

"비오는 날 앞머리가 자꾸 풀리는데."

"허용했다가 만약 화상이라도 입으면 선생님들이 안전사고로 인한 책임을 져야 한답니다. 그래서 절대 허용해 줄 수 없다고 합니다."

"고맙다는 말을 많이 하자는 규칙도 되나요?"

"당연히 됩니다."

수상한 휴대폰, 학생자치법정에 서다

"어려움에 처한 급우 잘 도와주기, 이런 규칙도 되는 거네요?"

"물론입니다."

"저는 뒷말 좀 안 하면 좋겠어요."

"동의합니다. 뒷말 때문에 툭하면 다투고 싸우고 틀어지는데, 뒷말 좀 그만하면 좋겠습니다. 불만이 있으면 앞에서 대놓고 하지, 왜 뒤에서 몰래 흉을 보는지 모르겠습니다."

"근데 솔직히 뒷말 안 하는 사람이 있습니까? 좀 심해서 문제지 친구끼리 남 뒷말할 수도 있죠."

"그게 친구끼리 수다에서 멈추지 않고 나중에 싸움이나 다툼이 벌어지는 원인이 되니까 그렇죠."

의견이 중구난방으로 쏟아져 나오니 갈피를 잡을 수가 없었다.

"자, 잠깐만요! 이렇게 마구잡이로 쏟아 내면 아무것도 정할 수가 없습니다. 그러니 한 가지씩 정하면서 갑시다. 먼저 우리 반은 교복을 어떻게 할지 토론하고 결정하겠습니다."

스스로를 디자인하다

: 박채원 :

송윤정 선생님이 해 보라고 한 실험설계를 구상하느라 머리를 쥐어
짜는데 최유빈이 다가왔다.

"바빠?"

"응? 아니, 괜찮아. 왜?"

나는 실험설계 공책을 옆으로 치웠다.

유빈이 품에 스케치북이 보였다.

"아! 벌써 다 그렸어?"

"몇 개 그려 봤는데, 이런 건 처음 해 봐서."

"잘하면서 무슨……. 급식실 그림도 인기 짱이었고."

유빈이가 수줍게 웃었다.

"보여 줘 봐."

유빈이가 스케치북을 폈다.

"와, 이 생활복 디자인 좋네. 색깔은 이게 더 마음에 든다."

"뭐가 좋을지 몰라서 교복별로 몇 개씩 해 봤어. 여기 춘추복은 어때?"

"이걸 네가 했어? 조금 슬퍼진다."

"왜 슬퍼?"

"이렇게 예쁜 교복을 우리는 못 입고 후배들만 입게 생겼으니까 그렇지."

유빈이가 소리 내어 웃었다.

"다른 애들 의견도 들어 보고, 많이 선택한 걸 두 개씩 골라서 교복 디자인선정위원회에 내자. 내가 확신하는데 유빈이 네가 디자인한 교복이 채택될 거야."

"에이 무슨, 잘하는 애들도 많은데……."

겸손하게 말했지만 유빈이 눈가에는 기대가 넘쳐났다.

"놓고 가도 되지?"

"응!"

"내가 애들한테 의견 물어보고, 알려 줄게."

"고마워."

유빈이가 가자 나는 다시 실험설계에 매달렸다. 송윤정 선생님이 알려 준 누리집(홈페이지)에 접속해 논문을 검색하는데 찾기도 어렵고, 찾은 논문도 내용이 어려워서 머리가 터질 듯했다.

잠시 쉬어야겠다고 생각하는데 마침 진아에게 문자가 왔다.

💬 똑똑! 바빠?

💭 쉬는 중. 왜?

💬 부탁한 거. 우리 이모가 해 주겠대.

💭 정말? 엄청 바쁘시다면서~~.

💬 엄마가 협박했어. ㅋㅋㅋ

💭 협박? ㅋㅋㅋ 언제 되신대?

💬 다음 주에 가능하대.

💭 정말? ^.^

💬 그리고 한 번으로 모자라면 한 번 더 해 주겠다고 했어.

💭 대박! 대박! 애들 엄청 좋아하겠다.

💬 8반 하영이, 지금 옆에서 엄청 질투 중!!! (한 대 맞음 ㅜㅜ)

💭 ㅋㅋㅋ 걔네 반은 한 달 동안 화장을 아예 안 해보기로 결정했다면서?

💬 하영이는 끝까지 반대했는데, 성혜한테 모조리 설득당했다면서 억울해 하는 중.

💭 ㅋㅋㅋ 논리로는 성혜를 못 당하지. ^.^;

💬 반장이랑 선생님께는 네가 말할 거지?

💭 응! ^^ 내가 할게. 그리고 부탁 들어줘서 정말 고마워!

💬 내가 고맙지. 내가 애들 앞에서 생색낼 수 있게 해 줬으니.

💭 생색 팍팍 내!

수상한 휴대폰, 학생자치법정에 서다

■ ㅋㅋㅋㅋ

    나는 곧바로 반 단체 대화방에 소식을 올렸다. 반응은 뜨거웠다. 우리나라 최고 메이크업 전문가 가운데 한 사람인 진아 이모가 우리 반에 직접 와서, 우리 반 여학생을 위한 메이크업 강의를 해 준다고 하니 그럴 수밖에 없었다.

    나는 골치 아픈 실험공책은 옆으로 치우고 즐거운 상상에 빠졌다. 아무래도 그동안 눈여겨봤지만 제대로 못 산 화장품을 사야겠다. 엄마는 내 작전이 안 통할 테니, 아무래도 아빠를 공략해야겠다.

행동을 디자인하다

: 이태경 :

"야, 김원석! 빈틈없이 꼼꼼하게 파."

"아, 진짜, 내가, 이게 뭔 꼴이냐."

"하기 싫으면 명심보감이나 쓰러 들어가든가."

"미쳤냐! 내가 명심보감을 쓰게."

"그럼 삽질 한 번에 명심보감 깜지 한 장이라고 생각해."

"어유, 내가 미쳐! 괜히 자치법정에서 증언해 가지고……."

말은 그렇게 했지만 김원석은 즐겁게 일을 했다. 등에 땀까지 흥건
했다.

"야, 이용주! 거름을 한 곳에 뭉텅이로 주면 안 된다고 했잖아!"

"내가 그리고 싶어서 그러냐?"

이용주가 짜증스럽게 받아쳤다.

"이용주! 개기지 말고 작업반장님 말씀 잘 들어라."

텃밭 끝에서 삽질을 하던 김원석이 이용주를 나무랐다.

"개기는 게 아니고……."

이용주가 말꼬리를 흐렸다.

김원석은 우리 학교 일진이다. 일진 패거리 중에서 주먹이 가장 세다. 이용주는 일진들과 어울려 다니기는 하지만 조금 아래다. 김원석이 세게 말하면 바로 기가 죽는다. 내 말은 안 듣더니 김원식이 뭐라고 하니 뭉친 거름을 집어서 골고루 흩뿌렸다.

"상윤아, 답답하다고 장갑 벗고 일하면 안 된다고 몇 번이나 말해야 하냐. 참, 말 안 듣네."

"돌 고르는데 장갑이 자꾸 걸리적거리잖아."

상윤이는 쪼그리고 앉아서 잔돌을 부지런히 골라냈다.

곳곳에서 작업하는 손길이 분주했다. 김원석처럼 열심히 일하는 애들도 있고, 이용주처럼 뺀질거리며 어떻게든 힘 안 들이고 일하려는 애들도 있었다. 열심히 하든, 뺀질거리며 하든 해야 할 일은 정해져 있고, 일이 끝나야만 학교를 벗어날 수 있었다.

급식실 옆에는 영양사 선생님이 관리하는 작은 텃밭이 있다. 자치법정이 끝나고 우리들끼리 의논을 하다가 나온 벌칙 가운데 하나가 텃밭 가꾸기였다. 노동을 하니 벌칙다운 벌칙이기도 하고, 텃밭에서 기른 유기농 채소로 급식에도 도움이 되니 보람도 있겠다는 생각이었다. 발상은 괜찮았지만 막상 작업감독을 정할 때가 되자 생활지도위원들 가운데 아무도 맡으려고 하지 않았다. 그래서 내가 한다고 나섰다. 영양사 선생님이랑 내가 친하기도 하고, 내가 사랑하는 급식에 조금이라도 도움이 되고자 선뜻 맡았다. (아! 착한 내 마음 -.^!)

한참 텃밭 가꾸기를 하는데 나혜가 음료수를 들고 왔다.

"선배! 영양사쌤이 언제 끝나느냐고 물어보래요."

"다들 일이 서툴러서 30분은 더 걸릴 거야. 그런데 끝나는 시간은 왜?"

"쌤이 끝나고 오면 맛있는 간식 주신대요."

"정말?"

나는 작업하는 애들에게 반가운 소식을 큰 소리로 전했다.

"일 끝나면 영양사쌤이 맛있는 간식 해 주신대."

영양사 선생님 솜씨야 다들 알기에 곳곳에서 환호성이 터졌다. 일하는 손놀림이 다들 빨라졌다.

나혜는 급식실로 들어갔다가 다시 돌아왔다.

"선배! 제가 할 일은 뭐 없어요?"

"너는 벌점도 없으면서 왜?"

"그냥 재미있어 보여서."

"땀나고 힘든데 이게 재밌어 보여?"

나혜가 고개를 끄덕였다.

"그럼 곳곳에 흩어진 잔돌들을 저쪽으로 모아 줘. 애들이 가끔 생각

수상한 휴대폰, 학생자치법정에 서다

없이 돌을 던지기도 하니까 조심하고.”

　“돌이 날아와요? 짜릿하겠다!”

　나혜가 장난스럽게 말했다.

　“짜릿하긴, 다치지 않게 조심해. 장갑 꼭 끼고!”

다시 열리는 학생자치법정

: 박채원 :

"학생들한테 맡겨 보죠."

"어떻게 맡겨요. 난장판이 될 텐데."

"학생들이 자치법정을 운영하는 거 보셨잖아요."

"종이판자 세워 놓고 학교 규정을 대놓고 무시하는 꼴, 아주 잘 봤죠."

"저는 참신하고 재밌었는데."

"종이판자 세워 놓고 그게 뭡니까? 선생님들도 잔뜩 와 계셨는데."

"종이판자 세워 놓고 하니 장난처럼 보이셨는지 모르겠지만, 그건 헌법재판소에서 하는 위헌법률심판과 동일한 방식이었어요. 사회수업 시간에 배운 위헌법률심판을 참신한 방식으로 자치법정에서 구현하다니, 대단하지 않나요? 저는 깜짝 놀랐어요."

"저도 놀라긴 했어요. 학생회장이 다 같이 약속을 지키자고 그렇게 강조했는데, 나혜와 관련한 안 좋은 소문이 마구잡이로 퍼지는 걸 보고 깜짝 놀랐죠. 그런 애들에게 무슨 자율을 기대한다고."

"저도 그 점은 안타까워요. 그리고 안 좋은 소문을 함부로 내는 애들 못지않게 지환이 말에 따라 함부로 소문 내지 않은 애들도 많았다는 점도 잊지 마세요. 거기서 저는 희망을 봤어요."

"최미경 쌤! 내가 정말 묻고 싶은데, 쌤은 정말 중학생들끼리 자율에 기초한 질서가 가능하다고 확신하세요?"

"질문을 그렇게 하시면 안 된다고 봐요. 자율에 기초한 질서가 가능하냐고 묻지 말고, 그게 가능하려면 어떤 교육이 필요한지를 물어야죠."

"당장 학업 분위기도 엉망이 되고, 학교가 개판이 될 텐데 어떻게 맡깁니까? 이상은 좋지만 순진한 발상이에요."

"누가 마음대로 다 하게 두자고 했어요? 몇몇 규칙 정도는 스스로 만들고 지키도록 기회를 주자는 거잖아요. 학생자치법정 배심원들도 그렇게 요구했고."

"실패할 게 뻔해요."

"맞아요. 실패할지도 모르죠. 그렇지만 사회에 나가서 실패를 경험하기보다 학교 안에서 실패를 경험하는 게 훨씬 낫지 않나요? 학생들은 실패하면서 배우고, 실패로 벌어진 일은 선생님들이 뒷감당하고! 저는 학생들이 저지른 실패를 뒷감당해 주는 사람이 교사라고 생각해요."

자치법정을 운영했던 학생들이 있는 자리에서 최미경 선생님과 김영권 선생님은 치열한 논쟁을 벌였다. 끝날 줄 모르게 이어지던 논쟁은 교장 선생님이 최미경 선생님 의견을 조건부로 받아들이면서 끝났다.

"자치법정 배심원단이 요구한 대로 한번 해 보세요. 중대 벌점 사항이나 교육권을 침해하는 내용을 제외하고는 학급별로 자치규칙을 만들어서 시행해도 좋습니다. 다만, 기회는 이번 학기까지입니다. 실패로 끝난다면 2학기에는 원래대로 되돌리겠습니다. 그리고 교복 디자인도 배심원단 의견을 받아들일게요. 학부모와 학생들까지 참여하는 교복디자인선정위원회를 구성해서 새로운 교복 디자인을 만들어 보세요. 자치법정을 계속하게 해 달라는 요구도 수용합니다. 모든 교칙 위반 사항을 자치법정에서 다루게 허용해 줄 수는 없지만, 이번 자치법정에서 다룬 사건 정도는 괜찮다고 봐요. 나는 자치법정에서 박성혜 학생이 말한 의견에 동의해요. 학교는 작은 생활부분까지도 교육할 책임이 있어요. 그렇지만 내가 꽉 막힌 사람은 아니에요. 배심원단이 요구한 대로 기회를 드릴게요. 이제 기회는 열렸고, 그 기회를 살릴지 말지는 여러분에게 달렸어요."

자치법정이 끝나고 진행된 교장 선생님과 대화는 전혀 예상치 않은 결과로 이어졌다. 우리에게 새로운 기회가 왔고, 학교생활에서 작지만 큰 변화가 일어났다.

수상한 휴대폰, 학생자치법정에 서다

***

'누나는 늘 이기려고만 해'

그 말이 그 순간 내게 왜 그렇게 충격을 줬는지는 잘 모르겠다. 나는 지기 싫어한다. 경쟁이 붙기 전까지는 수없이 걱정을 하지만, 일단 경쟁에 들어가면 무조건 이기려고 달려든다. 그래서 자연과학부 활동도 치열하게 했다. 자치법정에서도 마찬가지였다. 이기고 싶었다. 인권부 사업에서 성과를 내고 싶었다. 실패하기 싫었다. 그리고 승부에만 집착하다 정나혜에게 큰 피해를 줄 뻔했다. 해결책은 대결이 아니라 협동에서 찾아야 했다.

이태경과 알고 지낸 지 2년이 넘었는데 처음으로 진심으로 사과했다. 태경이는 긴가민가하면서도 내 사과를 받아 줬고, 스스로 정나혜에게 사과까지 했다. 사과라면 먹는 사과밖에 모르던 이태경이 사과를 하니 엄청 신기했다. 정나혜는 처음에는 사과를 받아들이지 않았지만 내 계획을 들은 뒤 사과를 받아들였고, 자기도 이태경에게 사과를 했다.

일요일에 모여서 회의를 할 때, 홍성현은 어렵지 않게 설득했는데 박성혜는 끝까지 내 계획에 반대했다. 그때 정나혜가 나서서 박성혜를 설득했다. 나혜가 아니었다면 박성혜는 끝까지 마음을 바꾸지 않았을 것이다. 마지못해 내 계획에 동의했지만 박성혜는 자기는 증인에게 제대로 질문을 하겠다고 했고, 자치법정에서 자기 말을 지켰다.

＊ ＊ ＊

다시 자치법정이 열렸다. 4차 자치법정은 처음부터 끝까지 인권부 차장인 최재훈이 준비했다. 나는 전학생인 은지 때문에 정신이 없어서 전혀 도와주지 못했다. 4차 자치법정이 열리는 날 나는 방청석에 앉아 있었다.

자치법정에서 열린 첫 재판은 특별했다. 학교에서 부여하는 벌점은 없고, 상점은 많은 학생이 피고인으로 불려 나왔기 때문이다. 학교 벌점 규정은 전혀 어기지 않았지만 학급자치규칙을 심각하게 어겼다는 이유였다.

검사는 3학년 3반 학급회장이자 내 절친인 이예나였다.

"4차 자치법정에서 일일 검사를 맡은 3학년 3반 학급회장 이예나입니다. 저는 3학년 3반 급우인 이준석을 학생자치법정에 기소합니다."

수상한 휴대폰, 학생자치법정에 서다